Gossip Girl

DANS LA MÊME SÉRIE

1. *Gossip Girl*
2. *Vous m'adorez, ne dites pas le contraire*
3. *Je veux tout, tout de suite*

gossip girl

Roman de

Cecily von Ziegesar

Fleuve Noir

Titre original :
Gossip Girl

Traduit de l'américain par
Marianne Thirioux

ISBN : 2-265-08310-0

La médisance, ce sont des ragots
que la morale rend fastidieux.

Oscar Wilde

gossipgirl.net

thèmes ◀ précédent suivant ▶ envoyer une question répondre

Avertissement : tous les noms de lieux, personnes et événements ont été modifiés ou abrégés afin de protéger les innocents. En l'occurrence, moi.

salut à tous !

Vous ne vous êtes jamais demandé quel genre de vie menaient les heureux élus ? Eh bien, je vais vous le dire parce que j'en fais partie. Je ne parle pas des sublimes mannequins, acteurs, musiciens prodiges ou génies en mathématiques. Je parle des gens qui sont *nés comme ça* – de ceux qui ont absolument tout ce qu'ils désirent et qui trouvent cela parfaitement naturel.

Bienvenue dans l'Upper East Side, le quartier chic de New York, où mes amis et moi vivons, allons en cours, nous amusons et dormons – parfois ensemble. Nous habitons tous des appartements immenses, avec nos propres chambres, salles de bains et lignes téléphoniques. Nous avons un accès illimité à l'argent, à l'alcool et à tout ce que nous voulons. Et comme nos parents sont rarement à la maison, nous avons pas mal d'intimité. Nous sommes intelligents, avons hérité d'une beauté classique, portons des vêtements fabuleux et savons faire la fête. Notre merde pue malgré tout, mais on ne sent rien car, toutes les heures, la bonne désodorise les toilettes avec une fragrance que des parfumeurs français ont conçue spécialement pour nous.

C'est une vie de luxe mais il faut bien que quelqu'un la vive.

Nos appartements se trouvent sur la 5e Avenue, à quelques minutes à pied du Metropolitan Museum of Art et des écoles privées non mixtes, comme Constance Billard, que nous fréquentons presque toutes. Même quand nous avons la gueule de bois, la 5e Avenue est magnifique lorsque le soleil matinal illumine le visage des garçons – sexy – de St. Jude's School.

Mais quelque chose de moche se trame sur les marches du musée, ça se voit de loin…

ON A VU

O avec sa mère, en train de se disputer dans un taxi devant Takashimaya. ***N*** fumant un joint sur les marches du Met. ***C*** achetant chez Barneys de nouvelles chaussures pour aller en classe. Et une grande blonde à la beauté surnaturelle mais bien connue, descendant d'un train de New Haven à Grand Central Station. Âge approximatif : dix-sept ans. Serait-ce possible ? ***S*** est de retour.

LA FILLE QUI PART AU PENSIONNAT SE FAIT VIRER PUIS REVIENT

Oui, ***S*** est bien de retour. Ses cheveux sont plus longs et plus clairs. Ses yeux bleus sont emplis d'un profond mystère, caractéristique des secrets bien gardés. Elle porte ses vieux vêtements fabuleux, à présent en lambeaux à force d'avoir essuyé des tempêtes en Nouvelle-Angleterre. Ce matin, le rire de ***S*** résonnait sur les marches du Met où, désormais, nous ne pourrons plus fumer notre petite cigarette ni boire de cappuccino sans la voir nous faire signe à la fenêtre de ses parents, juste en face. Elle a pris l'habitude de se ronger les ongles, ce qui nous intrigue d'autant plus. Et nous avons tous beau mourir d'envie de lui demander pourquoi elle s'est fait virer de son pensionnat, nous ne le ferons pas car nous aurions franchement préféré qu'elle y reste. Mais ***S*** est bel et bien là.

Pour plus de sûreté, ouvrons l'œil ! Si nous ne faisons pas attention, ***S*** va se mettre nos profs dans la poche, porter cette robe dans laquelle nous ne rentrons pas, manger la dernière olive, baiser dans le lit de nos parents, renverser du Campari sur nos tapis, nous piquer nos frères et nos petits copains. En gros, nous pourrir la vie et nous faire royalement chier.

Je la surveillerai de près. Je nous surveillerai tous. Ça va être une année agitée. Une année d'enfer. Je le sens.

Affectueusement,

gossip girl

comme la plupart des histoires bien croustillantes, tout a commencé à une soirée

— J'ai regardé Nickelodeon[1] toute la matinée dans ma chambre pour ne pas avoir à prendre le petit déjeuner avec eux, confia Olivia Waldorf à Kati Farkas et Isabel Coates, ses deux meilleures amies et camarades de classe à Constance Billard. Ma mère lui a fait une omelette. Je ne savais même pas qu'elle savait se servir d'une poêle !

Olivia replaça ses longs cheveux châtain foncé derrière ses oreilles et vida d'un trait le whisky quinze ans d'âge de sa mère du verre de cristal qu'elle tenait à la main. Elle en était déjà à son deuxième verre.

— Quelles émissions as-tu regardées ? lui demanda Isabel, ôtant délicatement un cheveu sur le cardigan en cachemire noir d'Olivia.

— Qu'est-ce que ça peut faire ? rétorqua Olivia en tapant du pied.

Elle portait ses nouvelles ballerines noires. Très BCBG. Mais elle pouvait changer d'avis d'une seconde à l'autre et les troquer contre ses bottes pointues qui

1. Chaîne de télévision américaine pour enfants. *(N.d.T.)*

lui arrivaient au genou, très trashy, et la jupe métallique que sa mère détestait. Et hop, la voilà métamorphosée en minette très sexy. Très rock-star. *Miaou !*

— Le fait est que je suis restée enfermée dans ma chambre toute la matinée car ils n'avaient rien trouvé de mieux que de se faire le plan « petit déjeuner ultraromantique » dans leurs peignoirs de soie rouge assortis. Sans même s'être *douchés* !

Olivia prit une autre gorgée de whisky. Le seul moyen de supporter l'idée que sa mère puisse coucher avec *cet homme* était de se soûler. De se *cuiter*.

Heureusement, Olivia et ses amis venaient de ce type de famille pour lequel boire de l'alcool était aussi ordinaire que se moucher. Leurs parents croyaient dur comme fer à ce concept quasi européen : plus leurs gamins avaient accès à l'alcool, moins ils risquaient d'en abuser. Olivia et ses amis pouvaient donc boire tout ce qu'ils voulaient, quand ils le voulaient, tant qu'ils continuaient à avoir de bonnes notes, ne s'enlaidissaient pas et ne mettaient ni eux ni leur famille dans l'embarras en dégobillant en public, en se faisant pipi dessus, ou en délirant dans les rues. Et cela était valable pour tout le reste, comme le sexe ou la drogue : tant que vous sauviez les apparences, tout allait bien.

Toutefois vous ne deviez surtout pas enlever votre petite culotte avant l'heure… Mais nous y viendrons plus tard.

L'homme qui dérangeait tant Olivia, c'était Cyrus Rose, le nouveau petit copain de sa mère. En ce moment même, Cyrus accueillait les invités du dîner à l'autre bout du séjour. Il avait tout du vendeur qui vous aidait à choisir vos chaussures chez Saks – chauve, une petite moustache broussailleuse et un gros ventre à peine dissimulé sous son costume croisé bleu électrique. Il faisait sans arrêt tinter sa monnaie dans sa poche et lorsqu'il enlevait sa veste, d'immenses auréoles répugnantes de transpiration luisaient sous ses aisselles. Il riait fort et se montrait très doux avec la mère d'Olivia. Mais il n'était pas son père. L'an dernier, le père d'Olivia s'était enfui en France avec un autre homme.

Ce n'est pas une blague. Ils vivent dans un château et exploitent un vignoble ensemble. Ce qui est plutôt cool, quand on y pense.

Naturellement, rien de cela n'était de la faute de Cyrus Rose mais Olivia s'en fichait éperdument. Pour elle, Cyrus Rose était gonflant sur toute la ligne. Gros. Un *loser*.

Mais ce soir, Olivia devrait supporter Cyrus Rose car le dîner que donnait sa mère était en son honneur et tous les amis de la famille Waldorf étaient venus faire sa connaissance : les Bass et leurs fils, Chuck et Donald ; M. Farkas et sa fille, Kati ; le célèbre acteur Arthur Coates, accompagné de sa femme Titi et de leurs filles Isabel, Regina et Camilla ; le capitaine et Mme Archibald, et leur fils Nate. Les seuls absents étaient M. et Mme van der Woodsen dont la fille adolescente, Serena, et le fils, Erik, étaient tous deux au pensionnat.

Les dîners de la mère d'Olivia étaient très courus et celui-ci était le premier qu'elle donnait depuis son infâme divorce. Cet été, l'appartement de grand standing des Waldorf avait été redécoré de pied en cap – et à grands frais – en bordeaux et chocolat. Il regorgeait d'œuvres d'art et de meubles d'époque qui auraient impressionné tout amateur d'art. Au milieu de la table de la salle à manger trônait un énorme vase en argent rempli d'orchidées blanches, de saules blancs et de branches de châtaignier – une composition florale moderne qui venait de chez Takashimaya, la boutique de produits de luxe de la 5e Avenue. Les petites cartes avec les noms des invités, posées sur des assiettes en porcelaine, étaient en feuilles d'or. Dans la cuisine, Myrtle le cuisinier chantait des chansons de Bob Marley au soufflé et Esther, la bonne irlandaise maladroite, ne s'était pas encore relâchée et n'avait, Dieu merci ! pas encore renversé de whisky sur les invités.

C'était Olivia qui commençait à se relâcher en revanche. Et si Cyrus Rose n'arrêtait pas de harceler Nate, son petit copain, elle serait bien obligée d'aller les retrouver et de renverser son whisky sur ses vulgaires mocassins italiens.

— Olivia et toi sortez ensemble depuis longtemps, n'est-ce pas ? demanda Cyrus en donnant un petit coup de poing sur le bras de Nate.

Il tentait de l'aider à se dégeler quelque peu. Tous ces gosses de l'Upper East Side étaient beaucoup trop coincés.

C'était ce qu'il croyait. Il n'était pas au bout de ses surprises…

— Tu couches déjà avec elle ? poursuivit Cyrus.

Nate devint encore plus cramoisi que le tissu d'ameublement de la chaise française XVIIIe siècle qui se trouvait à côté de lui.

— Eh bien, nous nous connaissons pratiquement depuis notre naissance, bégaya-t-il, mais nous ne sortons ensemble que depuis, disons, un an. Nous ne voulons pas tout gâcher en, comment dire, précipitant les choses.

Nate se contentait de ressortir le baratin que lui servait systématiquement Olivia quand il lui demandait si elle était prête à le faire ou non. Mais il parlait au petit ami de la mère de sa petite copine ! Qu'était-il censé dire ? « Mec, si ça ne tenait qu'à moi, on serait en train de s'envoyer en l'air en ce moment même ! » ?

— Tout à fait, répondit Cyrus Rose.

Il serra l'épaule de Nate avec sa main grassouillette. Il portait au poignet l'un de ces bracelets-montres Cartier en or qu'une fois mis vous n'enleviez jamais – très à la mode dans les années quatre-vingt et plus autant aujourd'hui, à moins que vous ne croyiez vraiment au retour en force des années quatre-vingt. Euh…

— Laisse-moi te donner un conseil, dit Cyrus à Nate, comme si celui-ci avait le choix. N'écoute pas ce que disent les filles. Elles aiment les surprises. Elles veulent que tu rendes les choses intéressantes. Tu vois ce que je veux dire ?

Nate hocha la tête, sourcils froncés. Il essaya de se souvenir de la dernière fois où il avait surpris Olivia. La seule chose qui lui vint à l'esprit fut le jour où il lui avait apporté un cornet de glace quand il était allé la chercher à son cours de tennis. C'était il y a plus d'un mois, et pour une surprise, elle était franchement nulle. À ce rythme, Olivia et lui ne risquaient pas de coucher ensemble…

Nate était de ces garçons que vous remarquiez

forcément et, quand vous les regardiez, vous saviez ce qu'ils pensaient : « Cette fille ne peut pas me quitter des yeux tellement je suis sexy ! » Mais si Nate disait cela, ce n'était pas du tout par vanité. Il ne pouvait s'empêcher d'être sexy, il était né comme ça, voilà tout. Pauvre de lui !

Ce soir-là, Nate portait le pull col en V en cachemire vert mousse qu'Olivia lui avait offert à Pâques l'an dernier lorsque son père les avait emmenés skier une semaine à Sun Valley. En cachette, Olivia avait cousu un minuscule pendentif en or en forme de cœur à l'intérieur d'une manche pour que Nate garde toujours son cœur contre lui. Olivia aimait se dire qu'elle était une incorrigible romantique, dans le style des actrices de cinéma de l'ancienne génération, telles que Audrey Hepburn et Marilyn Monroe. Elle n'était jamais à court de procédés narratifs pour le film dans lequel elle avait la vedette en ce moment, le film qu'était sa vie.

« Je t'aime », avait dit Olivia à Nate, le souffle coupé, en lui offrant le pull.

« Moi aussi », lui avait répondu Nate, sans être tout à fait sûr que ce fût la vérité.

Quand il avait enfilé le pull, il était tellement beau qu'Olivia avait eu envie de hurler et de lui arracher tous ses vêtements. Mais hurler dans l'ardeur du moment n'était pas très ragoûtant – davantage « fille-qui-se-fait-des-mecs » que femme fatale. Olivia s'était donc tue, s'efforçant de rester fragile, tel un petit oisillon dans les bras de Nate. Ils s'étaient longuement embrassés, les joues à la fois chaudes et froides pour avoir passé la journée sur les pistes de ski. Nate avait enroulé ses doigts dans la chevelure d'Olivia et l'avait fait s'allonger sur le lit de la chambre d'hôtel. Olivia avait mis ses bras au-dessus de sa tête et laissé Nate commencer à la déshabiller jusqu'à ce qu'elle comprenne où tout cela allait les mener. Mais ce n'était pas un film après tout, c'était la *réalité*. Donc, comme une gentille fille, elle s'était assise sur le lit et avait sommé Nate d'arrêter.

Et elle n'avait pas cessé de le lui demander jusqu'à aujourd'hui. Voilà deux soirs, Nate était passé la voir après une fête, une flasque de brandy à moitié vide à la main, et l'avait allongée sur son lit, en murmurant : « J'ai envie de toi, Olivia. » Une fois de plus, Olivia avait eu envie de hurler et de lui sauter dessus mais elle avait résisté. Nate s'était endormi, ronflant comme un bienheureux et Olivia, étendue à côté de lui, imaginait que Nate et elle jouaient dans un film dans lequel ils étaient mariés, qu'il avait un problème d'alcool mais qu'elle le soutiendrait et l'aimerait toute sa vie, même s'il mouillait occasionnellement le lit.

Olivia n'était pas une allumeuse ; elle n'était pas *prête*, voilà tout. Nate et elle s'étaient à peine vus de l'été car elle était allée effectuer un stage de tennis dans un horrible camp de Caroline du Nord et Nate était parti faire du bateau avec son père sur la côte du Maine. Olivia voulait être sûre que, après avoir été séparés tout l'été, ils s'aimaient plus que jamais. Elle avait voulu attendre son dix-septième anniversaire le mois prochain pour coucher avec lui.

Mais, à présent, elle en avait marre d'attendre.

Nate était plus beau que jamais. Son pull vert mousse mettait en valeur ses yeux vert foncé pétillants, et ses cheveux châtains ondulés étaient parsemés de mèches blond doré pour avoir passé l'été sur l'océan. Et voilà comment Olivia avait compris qu'elle était prête, c'était aussi simple que cela. Elle prit une autre gorgée de son whisky. Oh que oui, elle était bel et bien prête.

une heure de sexe vous fait brûler 360 calories

— De quoi parlez-vous, vous deux ? demanda la mère d'Olivia en s'approchant furtivement de Nate et en serrant affectueusement la main de Cyrus.

— De sexe, répondit Cyrus, en lui déposant un baiser mouillé sur l'oreille.

Beurk !

— Oh ! s'écria Eleanor Waldorf d'une voix perçante en tapotant sa coupe au carré blond fadasse.

La mère d'Olivia portait la robe en cachemire ajustée, ornée de perles graphite, que sa fille l'avait aidée à choisir chez Armani, ainsi que des petites mules de velours noir. Il y a un an, elle n'aurait pas pu rentrer dans cette robe mais elle avait perdu neuf kilos depuis qu'elle avait rencontré Cyrus. Elle était superbe. C'était ce que tout le monde pensait.

« En effet, elle a l'air plus mince », murmura Mme Bass à Mme Coates. « Mais je parie qu'elle s'est fait tirer le menton. »

« Je suis sûre que tu as raison. Elle s'est laissé pousser les cheveux. C'est un signe ! Ça cache les cicatrices », chuchota Mme Coates en retour.

La mère d'Olivia et Cyrus Rose faisaient l'objet de

commérages dans toute la pièce. D'après ce que la jeune fille entendait, les amies de sa mère ressentaient exactement la même chose qu'elle, sauf qu'elles n'employaient pas précisément de mots tels que « gonflant, gros ou *loser* ».

— Je sens Old Spice, marmonna Mme Coates à Mme Archibald. Tu crois qu'il porte vraiment Old Spice comme parfum ?

Ce serait l'équivalent masculin du déodorant Impulse pour femmes, ce qui, comme tout le monde le sait, signifiait « sentir mauvais » chez les femmes.

— Je ne suis pas sûre, répondit Mme Archibald à voix basse. Mais il en serait bien capable.

Elle attrapa un rouleau de printemps au saumon et aux câpres sur le plateau d'Esther, le fourra dans sa bouche et le mâcha vigoureusement, refusant d'ajouter quoi que ce soit. Elle ne pouvait supporter qu'Eleanor Waldorf pût les entendre. C'était marrant de commérer et de papoter, mais pas au détriment d'une vieille amie.

« *Conneries !* » aurait rétorqué Olivia si elle avait pu entendre les pensées de Mme Archibald. « *Hypocrite !* » Tous ces gens n'étaient que d'affreuses langues de vipère. Et tant qu'à faire, si vous deviez déblatérer, pourquoi ne pas en profiter à fond ?

À l'autre bout de la pièce, Cyrus attrapait le bras d'Eleanor et l'embrassait sur les lèvres devant tout le monde. Olivia se détourna de la vue dégoûtante de sa mère et de Cyrus se bécotant comme deux adolescents énamourés et préféra regarder la 5e Avenue et Central Park par la baie vitrée. Le feuillage d'automne était en feu. Un cycliste solitaire sortit de l'entrée du parc de la 72e Rue et s'arrêta devant un vendeur de hot dogs au coin pour acheter une bouteille d'eau. Elle n'avait jamais remarqué le vendeur de hot dogs auparavant et se demanda s'il s'était toujours tenu au même endroit ou s'il venait juste d'arriver. C'était bizarre tout ce que vous pouviez louper alors que vous passiez devant tous les jours.

Olivia eut brusquement très faim et elle savait parfaitement ce qu'elle voulait. Un hot dog. Elle en voulait un tout de suite – un hot dog Sabrette brûlant, avec de la moutarde, du ketchup, des oignons et de la choucroute – elle n'en ferait qu'une bouchée puis roterait au visage de sa mère. Si Cyrus pouvait enfoncer sa langue dans la gorge de sa mère devant tous ses amis, alors elle pouvait manger un hot dog à la con.

— Je reviens de suite, lança-t-elle à Kati et Isabel.

Elle se retourna brusquement et traversa la pièce jusqu'au hall d'entrée.

Elle mettrait son manteau, sortirait, achèterait un hot dog au vendeur, n'en ferait qu'une bouchée, remonterait, roterait au visage de sa mère, boirait un autre verre, puis coucherait avec Nate.

— Où vas-tu ? lui cria Kati.

Mais la jeune fille ne s'arrêta pas, elle se dirigea droit vers la porte.

Nate vit Olivia s'en aller et se débarrassa juste à temps de Cyrus et de Mme Waldorf.

— Olivia ? fit-il. Qu'est-ce qui se passe ?

Olivia s'arrêta et plongea son regard dans les yeux verts sexy de Nate. Ils brillaient comme les émeraudes des boutons de manchette que son père portait avec son smoking quand il allait à l'opéra.

Il porte ton cœur dans sa manche, se rappela-t-elle,

oubliant complètement le hot dog. Dans le film de sa vie, Nate la prendrait dans ses bras, l'emmènerait dans la chambre et la violerait.

Mais c'était la vraie vie, malheureusement.

— Il faut que je te parle. (Elle lui tendit son verre.) Tu me ressers d'abord ?

Elle le conduisit vers le petit bar recouvert de marbre près des grandes portes-fenêtres qui donnaient dans la salle à manger. Nate leur servit à chacun une grande rasade de whisky puis ils revinrent dans le séjour.

— Hé, où allez-vous, vous deux ? leur demanda Chuck Bass quand ils passèrent devant lui.

Il haussa les sourcils, les lorgnant de façon suggestive.

Olivia regarda Chuck en levant les yeux au ciel et continua à marcher tout en buvant. Nate lui emboîta le pas, ignorant totalement Chuck.

Chuck Bass, le fils aîné de Misty et Bartholomew Bass, était beau, aussi beau qu'un mannequin qui pose pour des publicités d'après-rasage. En effet, il avait fait des photos pour la campagne britannique de Drakkar Noir, à la consternation publique de ses parents – qui, au fond d'eux, étaient extrêmement fiers, soit dit en passant.

Chuck était aussi le garçon le plus chaud de la bande d'Olivia et Nate. Une fois, lors d'une soirée, quand ils étaient en troisième, Chuck s'était caché dans le placard d'une chambre d'amis pendant deux heures, attendant l'occasion de se jeter sur Kati Farkas, tellement soûle qu'elle n'arrêtait pas de vomir dans son sommeil. Chuck s'en fichait royalement. Il avait couché avec elle. Il restait complètement inébranlable quand il s'agissait des filles.

La seule façon de s'y prendre avec un type comme Chuck était de lui rire au nez, ce que faisaient justement toutes les filles qui le connaissaient. Dans d'autres milieux, Chuck se serait fait virer comme une ordure de première mais cela faisait des générations que ces familles étaient amies. Chuck était un Bass et ils devaient donc se le coltiner. Ils s'étaient même habitués à sa bague en or rose monogrammée, à son écharpe en cachemire bleu marine monogrammée, et aux portraits de lui qui recouvraient les murs des nombreux appartements et maisons de ses parents et qui débordaient de son casier à l'École secondaire privée de garçons de Riverside.

— N'oubliez pas ! Sortez couverts ! hurla Chuck en levant son verre à Olivia et Nate qui descendaient le long couloir au tapis rouge, direction la chambre de la jeune fille.

Olivia tourna la poignée de porte en verre, surprenant Kitty Minky, son chat bleu russe lové sur son dessus-de-lit de soie rouge. Elle s'arrêta sur le pas de la porte, s'appuya à Nate, collant son corps au sien, et lui prit la main.

À cet instant, les espoirs de Nate reprirent du poil de la bête. Olivia était sensuelle et sexy. Est-ce que… ? *Quelque chose allait-il se passer ?*

Olivia serra la main de Nate et l'entraîna dans sa chambre. Ils avancèrent en trébuchant, tombèrent sur le lit et renversèrent leurs boissons sur le tapis en mohair. Olivia gloussa ; tout le whisky qu'elle avait descendu lui était monté à la tête.

Je vais coucher avec Nate, se dit-elle, tout étourdie.

Ensuite, ils auraient tous les deux leur bac en juin, entreraient à Yale à l'automne, se marieraient en grande pompe quatre ans plus tard, trouveraient un sublime appartement sur Park Avenue, le décoreraient avec du velours, de la soie et de la fourrure et feraient l'amour dans toutes les pièces, tour à tour.

D'un seul coup, la voix de la mère d'Olivia résonna, bien distinctement dans le couloir :

— Serena van der Woodsen ! Quelle charmante surprise !

Nate lâcha la main d'Olivia et se raidit comme un soldat au garde-à-vous. Olivia s'assit difficilement au bout du lit, posa son verre par terre et s'agrippa bien fort au dessus-de-lit.

Elle leva les yeux vers Nate.

Mais Nate était déjà en train de s'en aller, de redescendre le couloir à grandes enjambées pour voir si cela pouvait raisonnablement être vrai. Serena van der Woodsen était-elle *vraiment* de retour ?

Le film de la vie d'Olivia avait brusquement pris un tournant tragique. Elle étreignit son estomac, en proie à une nouvelle fringale.

Elle aurait dû aller chercher son hot dog après tout.

s est de retour !

— Bonjour, bonjour, bonjour ! gazouillait la mère d'Olivia, embrassant les joues douces et creuses de chaque membre de la famille van der Woodsen.

Smack, smack, smack, smack, *smack* !

— Je sais que tu ne t'attendais pas à voir Serena, ma chérie, murmura Mme van der Woodsen d'un ton inquiet, en confidence. J'espère que ça ne te pose pas de problème ?

— Bien sûr que non. Tout va bien, répondit Mme Waldorf. Es-tu rentrée pour le week-end, Serena ?

Serena van der Woodsen secoua la tête et tendit son Burberry vintage à Esther, la bonne. Elle repoussa délicatement une mèche blonde derrière son oreille et sourit à son hôtesse.

Lorsque Serena souriait, c'était avec ses yeux – ses yeux bleu foncé, presque bleu marine. C'était le genre de sourire que vous essayez d'imiter en posant devant le miroir de votre salle de bains comme une idiote. Un sourire magnétique et délicieux qui disait : « Vous n'arrivez pas à me quitter des yeux, n'est-ce pas ? », que les top models mettaient des années à perfectionner. Eh bien, Serena avait ce genre de sourire sans produire le moindre effort.

— Non, je suis là pour…, commença Serena.

Sa mère s'empressa de l'interrompre :

— Serena a décidé que le pensionnat n'était pas pour elle, lança-t-elle en tapotant négligemment ses cheveux, comme si cela n'avait rien de grave.

Elle incarnait la coolitude absolue à l'âge mûr.

Toute la famille van der Woodsen était comme ça. Ils étaient grands, minces, supercalmes et posés et quoi qu'ils fassent – jouer au tennis, héler un taxi, manger des spaghettis, aller aux toilettes –, ils ne perdaient jamais leur coolitude. Surtout Serena. Elle était douée de cette sérénité qui ne s'acquiert pas en achetant le bon sac à main ou la bonne paire de jeans. Elle était la fille que tous les garçons désiraient et que toutes les filles désiraient être.

— Serena reviendra à Constance demain, fit M. van der Woodsen, dardant sur sa fille son regard bleu acier dans un mélange de fierté et de désapprobation, digne d'un vieux sage, qui le rendait plus effrayant qu'il ne l'était en réalité.

— Bien, Serena. Tu es splendide, ma chérie ! Olivia sera aux anges de te revoir, roucoula Mme Waldorf.

— Vous pouvez parler ! dit Serena en l'étreignant. Regardez comme vous êtes mince ! Et la maison est fantastique ! Waouh ! Vous avez des œuvres d'art géniales !

Mme Waldorf sourit, visiblement aux anges, et passa son bras autour de la taille fine et élancée de Serena.

— Chérie, j'aimerais te présenter mon petit ami, Cyrus Rose, dit-elle. Cyrus, voici Serena.

— Superbe ! tonna Cyrus Rose. (Il embrassa Serena sur les deux joues et la serra d'un peu trop près.) Quel plaisir de la serrer dans ses bras ! ajouta-t-il en tapotant la hanche de Serena.

Serena partit d'un rire idiot mais ne broncha pas. Elle avait passé bien du temps en Europe ces deux dernières années et était habituée à ce que des tripoteurs européens pas bien méchants mais excités la trouvent parfaitement irrésistible et l'étreignent. Elle était un super aimant à tripoteurs.

— Serena et Olivia sont les meilleures, meilleures, *meilleures* amies du monde, expliqua Eleanor Waldorf à Cyrus. Mais Serena est partie à l'Hanover Academy en première et a voyagé tout l'été. Ça a été si dur pour la pauvre Olivia que tu ne sois pas là l'an dernier, Serena ! poursuivit Eleanor, les yeux embués. Surtout avec le divorce. Mais tu es de retour maintenant. Olivia sera tellement *ravie* !

— Où est-elle ? demanda Serena, impatiente.

Sa peau claire et parfaite rosissait à la perspective de revoir sa vieille amie. Elle se mit sur la pointe des pieds et tendit le cou pour chercher Olivia. Mais elle constata vite qu'elle n'était entourée que des parents – les Archibald, les Coates, les Bass et M. Farkas – qui, tour à tour, l'embrassèrent pour lui souhaiter la bienvenue.

Serena les étreignit avec joie. Ces gens étaient son chez-elle et elle était partie depuis tellement longtemps ! Elle avait hâte que la vie reprenne son cours. Olivia et elle se rendraient à pied au lycée, passeraient le cours de photo à Sheep Meadow dans Central Park, s'étendraient sur le dos, photographieraient les pigeons et les nuages, fumeraient, boiraient du Coca, et se prendraient pour des artistes pures et dures. Elles fréquenteraient de nouveau les cocktails du Star Lounge au Tribeca Star Hotel qui se transformaient immanquablement en découcheries car elles seraient trop soûles pour rentrer chez elles et passeraient la nuit dans la suite que possédait la famille de Chuck Bass à l'hôtel. Elles s'assiéraient sur le lit à baldaquin d'Olivia et regarderaient les films d'Audrey Hepburn, portant de la lingerie d'époque et buvant du gin-fizz. Elles tricheraient à leurs contrôles de latin comme elles l'avaient toujours fait – *amo, amas, amat* était encore tatoué au marqueur indélébile à l'intérieur du coude de Serena –, merci, mon Dieu, d'avoir inventé les manches trois quarts ! Elles se rendraient dans la propriété des parents de Serena à Ridgefield, Connecticut, dans le vieux break Buick du gardien, chanteraient les hymnes stupides qu'elles apprenaient à l'école et se comporteraient comme des petites vieilles qui ont perdu la tête. Elles pisseraient dans l'escalier de l'entrée des bâtiments de grès brun de leurs camarades de lycée puis sonneraient aux portes et s'enfuiraient en courant. Elles emmèneraient Tyler, le petit frère d'Olivia, dans le Lower East Side et l'y abandonneraient pour voir combien de temps il mettrait pour retrouver son chemin et rentrer chez lui – une œuvre de charité, vraiment, dans la mesure où Tyler était devenu le garçon le plus débrouillard de St. George. Elles iraient danser en bande et perdraient quatre kilos à force de transpirer dans leurs pantalons de cuir. Comme si elles avaient besoin de perdre du poids.

Elles redeviendraient elles-mêmes, fabuleuses, exactement comme avant. Serena avait hâte.

— J't'ai apporté à boire, dit Chuck, se frayant un chemin à coups de coude à travers les petits groupes de parents.

Il l'embrassa sur la joue mais la loupa délibérément de telle sorte que ses lèvres atterrirent directement sur sa bouche.

— Tu n'as pas changé, dit Serena en acceptant son verre. (Elle en but une longue gorgée.) Alors, je t'ai manqué ?

— Si tu m'as manqué ? La question est : est-ce que *je* t'ai manqué ? rétorqua Chuck. Allez, ma belle, raconte-moi tout ! Qu'est-ce que tu fais ici ? Qu'est-ce qui s'est passé ? Tu as un petit copain ?

— Oh, allez, Chuck, fit Serena en lui serrant affectueusement la main. Tu sais que je suis revenue parce que j'avais envie de toi. J'ai toujours eu envie de toi.

Chuck recula d'un pas et s'éclaircit la gorge, le visage cramoisi. Elle avait réussi à le prendre au dépourvu, et c'était une brillante prouesse.

— Eh bien, je suis pris ce mois-ci mais je peux te mettre sur ma liste d'attente, répliqua Chuck de mauvaise humeur, essayant de retrouver son sang-froid.

Mais Serena ne l'écoutait plus. Ses yeux bleu foncé passaient la pièce en revue, cherchant les deux personnes qu'elle souhaitait le plus revoir : Olivia et Nate.

Enfin, Serena les trouva. Nate se tenait dans l'embrasure de la porte d'entrée et Olivia était juste derrière lui, la tête penchée, tripotant les boutons de son cardigan noir. Nate regardait ouvertement Serena et lorsque son regard croisa le sien, il se mordit la lèvre inférieure comme il le faisait toujours quand il était gêné. Puis il lui sourit.

Ce sourire. Ces yeux. Ce visage.

— Viens ici, lui dit Serena silencieusement, en agitant la main.

Son cœur s'emballa lorsqu'il commença à avancer vers elle. Il était plus beau que dans ses souvenirs, *beaucoup* plus beau.

Le cœur de Nate battait encore plus vite que le sien.

— Salut, toi, souffla Serena quand Nate la serra dans ses bras.

Il avait toujours la même odeur. Celle du garçon le plus clean, le plus délicieux au monde. Des larmes lui vinrent aux yeux et elle colla son visage contre la poitrine de Nate. Ça y était, elle était vraiment chez elle.

Les joues du jeune homme rosirent. *Calme-toi*, se dit-il. Mais il ne pouvait se calmer. Il avait envie de la soulever dans ses bras, de la faire tournoyer et d'embrasser son visage encore et encore et encore. « *Je t'aime !* » voulait-il hurler mais il se retint. Il ne pouvait pas faire ça.

Nate était le fils unique d'un capitaine de la marine et d'une aristocrate française. Son père était un grand officier, extrêmement beau, mais peu prodigue côté câlins. Sa mère était tout le contraire, toujours en train de flatter Nate et encline à des débordements émotionnels pendant lesquels elle s'enfermait dans sa chambre avec une bouteille de champagne et appelait sa sœur sur son yacht à Monaco. Le pauvre Nate était toujours à deux doigts de dire ce qu'il ressentait mais il ne voulait pas faire de scène ni dire quelque chose qu'il risquerait de regretter plus tard. Il se taisait et laissait donc le soin à d'autres de mener la barque pendant qu'il se laissait bercer par les vagues.

Il avait beau passer pour un tombeur, en réalité, c'était un grand faible.

— Alors, qu'est-ce que tu as fabriqué ? demanda Nate à Serena en essayant de respirer normalement. Tu nous as manqué.

Vous avez remarqué qu'il n'a même pas eu le courage de dire « Tu *m*'as manqué » ?

— Qu'est-ce que j'ai fabriqué ? répéta Serena. (Elle gloussa.) Si tu savais, Nate ! J'ai été vilaine, tellement *vilaine.*

Nate serra les poings involontairement. Comme elle lui avait manqué !

Rejeté comme à l'accoutumée, Chuck s'éloigna furtivement de Serena et Nate et traversa la pièce jusqu'à Olivia qui se trouvait évidemment en compagnie d'Isabel et Kati.

— Un millier de dollars qu'elle s'est fait virer ! leur lança Chuck. Et vous ne trouvez pas qu'elle a l'air naze ? Je crois qu'elle est complètement défoncée. Si ça se trouve, elle s'est retrouvée embarquée dans une espèce de réseau de prostitution là-bas ! La joyeuse tenancière du bordel de l'Hanover Academy, ajouta-t-il en riant de sa blague idiote.

— Moi aussi je trouve qu'elle a l'air défoncée, renchérit Kati. Peut-être qu'elle est sous héroïne.

— Ou des médicaments sur ordonnance, suggéra Isabel. Vous savez, des trucs comme le Valium ou le Prozac ? Peut-être qu'elle est devenue complètement folle.

— Elle a peut-être fabriqué sa propre ecstasy, acquiesça Kati. Elle a toujours été bonne en sciences.

— J'ai entendu dire qu'elle participait à une espèce de culte, lança Chuck. Genre, on lui a fait un lavage de cerveau et maintenant, elle ne pense plus qu'au sexe et ne peut plus s'en passer.

Quand le dîner sera-t-il prêt ? se demanda Olivia, faisant la sourde oreille aux spéculations sordides de ses amis.

Elle avait oublié comme les cheveux de Serena étaient beaux. Comme sa peau était parfaite. Comme ses jambes étaient longues et minces. Comment étaient les yeux de Nate quand il la regardait – comme s'il refusait de cligner des yeux. Il ne la regardait jamais de cette manière.

— Hé, Olivia, Serena a dû te dire qu'elle revenait, fit Chuck. Allez, dis-nous tout. C'est quoi cette histoire ?

Olivia le fixa d'un air absent, son petit visage de félin virant au rouge. La vérité, c'était que cela faisait plus d'un an qu'elle n'avait pas parlé à Serena.

Au début, lorsque son amie était partie au pensionnat à l'issue de leur année de seconde, elle avait vraiment manqué à Olivia. Mais bien vite elle s'était rendue à l'évidence : il était beaucoup plus facile de briller sans Serena. D'un seul coup, *Olivia* était la fille la plus belle, la plus intelligente, la plus branchée, la plus dans le vent. Elle devint celle que tout le monde regardait. Et Serena ne manqua donc plus autant à Olivia. Elle culpabilisa légèrement de ne pas rester en contact, mais même sa mauvaise conscience se dissipa lorsqu'elle reçut les e-mails impersonnels et désinvoltes de Serena lui racontant combien elle s'éclatait au pensionnat.

« Suis allée dans le Vermont en stop pour faire du snowboard et ai dansé toute la nuit avec les mecs les plus sexy ! »

« Nuit de folie, la nuit dernière ! Zut, j'ai mal à la tête ! »

Les dernières nouvelles qu'Olivia avait reçues tenaient sur une carte postale qu'elle lui avait envoyée l'été dernier :

« Olivia, j'ai eu dix-sept ans le 14 juillet. La France swingue !! Tu me manques !!! Affectueusement, Serena. » C'était tout ce qu'elle disait.

Olivia avait fourré la carte postale dans sa vieille boîte à chaussures Fendi avec tous les autres souvenirs de leur amitié. Une amitié qu'elle chérirait toujours mais qui, pour elle, était terminée jusqu'à aujourd'hui.

Serena était de retour. La boîte à chaussures allait se rouvrir et tout redeviendrait comme avant son départ. Comme toujours, ce serait Serena et Olivia, Olivia et Serena, meilleures amies au monde, avec Olivia dans le rôle de la copine plus petite, plus grosse, plus effacée et moins spirituelle que la super blonde, Serena van der Woodsen.

Oh non. Pas si Olivia pouvait l'éviter.

— Tu dois être tout excitée que Serena soit de retour ! pépia Isabel. (Mais lorsqu'elle vit l'expression du visage d'Olivia, elle changea de disque.) *Bien sûr*, Constance l'a reprise. C'est typique. Ils sont prêts à tout pour ne perdre aucun d'entre nous. (Isabel baissa la voix.) J'ai entendu dire qu'au printemps dernier, Serena traînait avec un mec du New Hampshire. Elle s'est fait avorter, ajouta-t-elle.

— Je parie que c'était pas la première fois de toute façon, renchérit Chuck. Regardez-la !

Et ils la regardèrent. Tous les quatre observèrent Serena qui discutait toujours allégrement avec Nate. Chuck voyait la fille avec qui il voulait coucher depuis le jour où il se rappelait avoir voulu coucher avec des filles – depuis le CP, peut-être ? Kati voyait la fille qu'elle copiait depuis qu'elle avait commencé à s'acheter elle-même ses propres vêtements – le CE2, peut-être ? Isabel voyait la fille qui s'était transformée en ange avec des ailes en vraies plumes au spectacle de Noël de l'Église du Repos Céleste, tandis qu'elle-même n'était qu'un modeste berger et devait porter un sac en toile de jute. CE2, elle aussi. Kati et Isabel voyaient toutes les deux la fille qui leur volerait inévitablement Olivia et les laisserait en tête à tête, perspective pour le moins déprimante. Et Olivia voyait Serena, sa meilleure amie, la fille qu'elle aimerait et détesterait toujours. La fille à la cheville de laquelle elle n'arriverait jamais et qu'elle avait eu tant de mal à remplacer. La fille qu'elle voulait que tout le monde oublie.

L'espace de dix secondes environ, elle envisagea de dire la vérité à ses amis. Elle n'était *pas au courant* du retour de Serena. Mais de quoi aurait-elle l'air ? Olivia était censée être au courant de tout, de quoi aurait-elle l'air si elle reconnaissait ne rien savoir du retour de Serena, alors que ses amis semblaient déjà bien informés ? Elle ne pouvait pas non plus rester là à ne rien dire. Ce serait trop flagrant. Elle avait *toujours* quelque chose à dire. De plus, qui voulait entendre la vérité quand la vérité était si incroyablement ennuyeuse ? Olivia vivait pour le drame. Une occasion en or se présentait.

Elle s'éclaircit la gorge.

— Tout cela s'est passé si… soudainement, dit-elle d'un ton mystérieux.

Elle baissa les yeux et tripota le petit rubis au majeur de sa main droite. Le film tournait et Olivia commençait à s'échauffer.

— Je pense que tout ça a vraiment traumatisé Serena. Mais je lui ai promis de ne rien dire, ajouta-t-elle.

Ses amis hochèrent la tête comme s'ils comprenaient parfaitement ce qu'elle voulait dire. Ça avait l'air grave et bien croustillant et, cerise sur le gâteau, ça donnait l'impression que Serena s'était entièrement confiée à Olivia. Si Olivia pouvait écrire le reste du film, elle finirait avec le héros et Serena jouerait le rôle de la fille qui tombe de la falaise et se fracasse le crâne sur un rocher avant d'être dévorée vivante par des vautours affamés, et on ne la reverrait plus jamais.

— Attention, Olivia, l'avertit Chuck, en désignant d'un signe de tête Nate et Serena qui continuaient à discuter à voix basse près du petit bar et à se manger des yeux. On dirait que Serena a déjà trouvé sa prochaine victime.

s et n

Serena tenait lâchement la main de Nate dans la sienne et la balançait d'avant en arrière.

— Tu te souviens de Nu-comme-un-ver ? lui demanda-t-elle en riant doucement.

Nate pouffa, encore embarrassé, même après toutes ces années. Nu-comme-un-ver était son alter ego, imaginé lors d'une soirée de quatrième, au cours de laquelle la majorité d'entre eux avaient pris leur toute première cuite. Après avoir bu six bières, Nate avait enlevé sa chemise et Serena et Olivia avaient dessiné au marqueur noir un visage niais aux dents sur son torse. Pour une raison quelconque, ce visage avait rendu Nate fou et il avait lancé une espèce de jeu-beuverie. Tout le monde s'était assis en cercle, au milieu duquel il s'était placé avec un manuel de latin, hurlant des verbes aux autres pour qu'ils les conjuguent. Le premier à se planter devait boire et embrasser Nu-comme-un-ver. Évidemment, ils se trompèrent tous, les garçons comme les filles, et Nu-comme-un-ver fut fort sollicité ce soir-là. Le lendemain matin, Nate tenta de faire comme si de rien n'était mais la preuve était imprimée dans sa chair. Il avait fallu des semaines pour faire disparaître Nu-comme-un-ver sous la douche.

— Et la mer Rouge ? poursuivit Serena.

Elle scruta le visage de Nate. Aucun des deux ne souriait à présent.

— La mer Rouge, répéta Nate, se noyant dans les profonds lacs bleus de ses yeux.

Bien sûr qu'il se souvenait.

Comment oublier ?

En un chaud week-end d'août, l'été suivant leur année de seconde, Nate s'était rendu en ville avec son père tandis que le reste de la famille Archibald était resté dans le Maine. Serena se trouvait dans sa maison de campagne à Ridgefield, Connecticut, et s'ennuyait tellement qu'elle avait verni chacun de ses ongles dans une couleur différente. Olivia passait quelques jours au château des Waldorf à Geneagles, en Écosse, pour le mariage de sa tante. Mais cela n'avait pas empêché ses deux meilleurs amis de s'éclater sans elle. Lorsque Nate l'avait appelée, Serena avait immédiatement sauté dans le train de New Haven, direction Grand Central Station.

Nate l'avait retrouvée sur le quai. Elle était descendue du train vêtue d'une robe de soie bleue et chaussée de tongs en plastique rose. Ses cheveux blonds étaient détachés et effleuraient ses épaules nues. Elle ne portait pas de sac, ni même de portefeuille ou de clés. Nate avait eu l'impression de voir un ange. Quelle chance il avait ! La vie ne pouvait être plus belle que lorsque Serena avait descendu le quai en tongs, s'était jetée à son cou et l'avait embrassé sur les lèvres. Ce merveilleux baiser surprise.

Ils avaient d'abord pris un martini au petit bar à

l'étage près de l'entrée de la gare située sur Vanderbilt Avenue. Puis ils avaient sauté dans un taxi sur Park Avenue pour se rendre directement dans l'hôtel particulier de Nate sur la 82e Rue. Son père divertissait des banquiers étrangers et ne rentrerait pas de sitôt ; Serena et Nate avaient donc la maison rien qu'à eux. Curieusement, c'était la toute première fois qu'ils se retrouvaient en tête à tête.

Ils ne perdirent pas de temps pour s'en rendre compte.

Ils s'assirent dans le jardin, burent de la bière et fumèrent des cigarettes. Nate portait un polo à manches longues et, comme il faisait extrêmement chaud, il décida de l'enlever. Ses épaules étaient parsemées de minuscules taches de rousseur et son dos, musclé et bronzé à force d'avoir passé des heures sur les docks à construire un voilier avec son père dans le Maine.

Serena aussi avait chaud et grimpa dans la fontaine. Elle s'assit sur les genoux de la statue en marbre de la Vénus de Milo et s'éclaboussa d'eau jusqu'à ce que sa robe fût trempée.

Il n'était pas difficile de voir qui était la véritable déesse. La Vénus n'était qu'un tas de marbre plein de bourrelets, comparée à Serena. Nate se hissa non sans mal dans la fontaine, rejoignit Serena et ils ne tardèrent pas à s'arracher les vêtements qu'il leur restait. C'était le mois d'août après tout. Le seul moyen de supporter la canicule en ville au mois d'août était de se déshabiller.

Les caméras de sécurité qui fonctionnaient vingt-quatre heures sur vingt-quatre dans la résidence de ses parents, tant devant que derrière, inquiétèrent Nate et il emmena Serena à l'intérieur de la maison, dans la chambre de ses parents.

Le reste appartient à l'histoire.

C'était leur première fois à tous les deux. C'était délicat, douloureux, excitant, marrant et si doux qu'ils oublièrent d'être gênés. C'était exactement comme vous aimeriez que se déroule votre première fois ; et ils n'eurent aucun regret. Après, ils allumèrent la télévision, réglée sur la chaîne « histoire » qui passait un documentaire sur la mer Rouge. Serena et Nate étaient allongés au lit, dans les bras l'un de l'autre, et regardaient les nuages par la lucarne au-dessus de leur tête tout en écoutant le présentateur de l'émission parler de Moïse qui avait ouvert la mer Rouge.

Serena trouva cela hilarant.

— Tu as ouvert ma mer Rouge ! hurla-t-elle en engageant une bataille de polochons avec Nate.

Nate rit et l'enroula dans les draps comme une momie.

— Et maintenant, je vais te laisser ici en sacrifice à la Terre sainte, dit-il d'une voix grave, digne d'un film d'horreur.

Et il la laissa en effet, en tout cas pour un petit moment. Il se leva et commanda un énorme festin à base de plats chinois et de mauvais vin blanc puis ils se remirent au lit, mangèrent, burent et il rouvrit sa mer Rouge avant que le ciel ne s'assombrisse et que les étoiles ne scintillent dans le ciel.

Une semaine plus tard, Serena partit à l'Hanover Academy tandis qu'Olivia et Nate restèrent à New York. Depuis, Serena avait passé toutes ses vacances en vadrouille – les Alpes autrichiennes à Noël, la République dominicaine à Pâques, et l'Europe en été. C'était la première fois qu'elle était de retour, la première fois que Nate et elle se revoyaient depuis le partage de la mer Rouge.

— Olivia n'est pas au courant, n'est-ce pas ? demanda Serena à Nate d'un ton calme.

Olivia qui ? songea Nate, momentanément amnésique. Il secoua la tête.

— Non, répondit-il. Si tu ne lui as rien dit, elle ne le sait pas.

Mais Chuck Bass le savait, ce qui était presque pire. Nate avait laissé échapper l'information étourdiment lors d'une soirée, pas plus tard que l'avant-veille dans un accès d'ivrognerie et de stupidité totale. Ils étaient en train de faire des cocktails lorsque Chuck avait demandé :

— Alors, Nate, quel a été ton meilleur coup ? Enfin, si tu l'as déjà fait…

— Eh bien, je l'ai fait avec Serena van der Woodsen, s'était vanté Nate comme un idiot.

Et Chuck n'allait pas garder le secret longtemps. C'était bien trop juteux et bien trop utile. Chuck n'avait pas besoin de lire le livre *Comment se faire des amis et gagner de l'influence.* Il l'avait écrit, bordel ! Quoique, côté amis, il pouvait mieux faire.

Manifestement, Serena ne remarqua pas le silence gêné de Nate. Elle soupira, baissa la tête et la posa sur son épaule. Elle ne sentait plus *Cristal* de Chanel comme avant. Elle sentait le miel, le santal et le lis – son propre mélange d'huiles essentielles. C'était 100 % Serena, 100 % irrésistible mais si quelqu'un d'autre tentait de le porter, cela évoquerait probablement le caca de chien.

— Merde ! Tu m'as énormément manqué, Nate, dit-elle. Je regrette que tu n'aies pas vu les conneries que j'ai faites. J'ai été si vilaine.

— Que veux-tu dire ? Qu'as-tu fait de si mal ? lui demanda Nate, dans un mélange de crainte et d'appréhension.

L'espace d'une brève seconde, il l'imagina en train de faire des orgies dans la chambre de son dortoir à l'Hanover Academy et d'avoir des liaisons avec des hommes plus âgés dans des hôtels parisiens. Il regrettait de ne pas lui avoir rendu visite en Europe cet été. Il avait toujours désiré faire « la chose » dans un hôtel.

— Et j'ai aussi été une horrible amie, poursuivit Serena. J'ai à peine parlé à Olivia depuis que je suis partie. Et tant de choses se sont passées. Je suis sûre qu'elle est furieuse. Elle ne m'a même pas dit bonjour.

— Elle n'est pas furieuse, répondit Nate. Peut-être qu'elle est juste intimidée.

Les yeux de Serena lancèrent des éclairs.

— Bien, dit-elle d'un ton moqueur, Olivia est intimidée. Depuis quand Olivia est-elle timide ?

— En tout cas, elle n'est pas furieuse, insista Nate.

Serena haussa les épaules.

— Bref, tant pis, je suis gonflée à bloc d'être de retour parmi vous tous, mes potes. Nous ferons toutes les choses que nous avions l'habitude de faire. Olivia et moi sécherons les cours et vous retrouverons sur le toit du Met, puis on redescendra dans ce vieux cinéma près de l'Hôtel Plaza et on ira voir un film de cinglés jusqu'à l'heure du cocktail. Et toi et

Olivia resterez ensemble pour toujours et je serai la demoiselle d'honneur à votre mariage. Et nous serons tous heureux et aurons beaucoup d'enfants, comme dans les films.

Nate fronça les sourcils.

— Ne fais pas cette tête, Nate, lança Serena en riant. Ça l'fait bien, non ?

Nate haussa les épaules.

— Oui, j'imagine que ça l'fait bien, admit-il, bien que, de toute évidence, il n'en pensât pas un mot.

— Qu'est-ce qui l'fait bien ? fit une voix revêche.

Surpris, Nate et Serena arrêtèrent enfin de se manger du regard. C'était Chuck ; et avec lui, Kati, Isabel et, enfin et surtout, Olivia qui avait en effet l'air très intimidé.

Chuck donna une tape dans le dos de Nate.

— Désolé, Nate, dit-il, mais tu ne peux pas harceler la van der Woodsen toute la soirée, tu sais.

Nate grogna et inclina son verre. Il ne restait que de la glace.

Serena regarda Olivia. Ou du moins, elle essaya. Olivia mettait un point d'honneur à remonter ses bas noirs, centimètre par centimètre, depuis ses chevilles osseuses jusqu'à ses genoux osseux puis sur ses cuisses musclées de joueuse de tennis. Serena décida donc d'abandonner et embrassa d'abord Kati puis Isabel avant de se diriger vers son amie.

Olivia ne pouvait pas passer la soirée à remonter ses collants au risque de se ridiculiser. Lorsque Serena ne fut qu'à quelques centimètres d'elle, elle leva les yeux et feignit la surprise.

— Salut, Olivia, dit Serena, tout excitée. (Elle mit les mains sur les petites épaules de son amie et se pencha pour l'embrasser sur les deux joues.) Je suis sincèrement désolée de ne pas t'avoir appelée avant de rentrer. Je voulais le faire. Mais ça a été de la *folie*. J'ai tellement de choses à te raconter !

Chuck, Kati et Isabel se donnèrent des coups de coude et dévisagèrent Olivia. Elle avait menti, c'était on ne peut plus clair. Elle ne savait pas le moins du monde que Serena rentrait.

Le visage d'Olivia s'empourpra.

Grillée !

Nate remarqua la tension, mais il pensait que c'était pour une tout autre raison. Chuck l'avait-il déjà répété à Olivia ? Était-ce *lui* qui était grillé ? Nate ne pouvait le dire. Olivia ne le regardait même pas.

Ce fut un moment glacial. Pas le genre de moment que vous imaginez passer avec vos plus vieux amis, vos plus proches amis.

Les yeux de Serena allèrent comme des flèches d'un visage à un autre. Elle avait de toute évidence dit quelque chose qu'il ne fallait pas dire, et elle devina vite de quoi il s'agissait. *Qu'est-ce que je suis conne !* se réprimanda-t-elle.

— En fait oui, je suis désolée de ne pas t'avoir appelée *hier soir*. Je viens juste de rentrer de Ridgefield. Mes parents m'ont planquée jusqu'à ce qu'ils trouvent ce qu'ils allaient faire de moi. Je me suis tellement *emmerdée*.

C'est ce qu'on appelle savoir se rattraper aux branches – de justesse.

Elle attendait qu'Olivia la remercie d'un sourire reconnaissant pour l'avoir couverte mais celle-ci se contenta de jeter un coup d'œil à Isabel et à Kati pour voir si elles avaient remarqué sa gaffe. Olivia se comportait bizarrement et Serena réprima une panique de plus en plus forte. Peut-être que Nate s'était trompé, peut-être qu'Olivia était bel et bien furieuse contre elle. Serena avait raté tant de choses. Le divorce, par exemple. Pauvre Olivia !

— Ça doit vraiment craindre, sans ton père, fit Serena. Mais ta mère a l'air en pleine forme et Cyrus est plutôt mignon, une fois que tu t'es habituée à lui.

Elle gloussa.

Mais Olivia ne souriait pas.

— Peut-être, répondit-elle en regardant le stand de hot dogs par la fenêtre. J'imagine que je ne me suis pas encore habituée à lui.

Tous les six restèrent silencieux un long moment, un long moment de tension.

Ce dont ils avaient besoin, c'était d'un autre verre, d'un petit remontant.

Nate fit tinter ses glaçons dans son verre.

— Qui en veut un autre ? proposa-t-il. Je m'en occupe.

Serena tendit son verre.

— Merci, Nate, dit-elle. Je meurs de soif, bordel ! Ils ont verrouillé le meuble à picole de Ridgefield. Vous arrivez à le croire ?

Olivia secoua la tête.

— Non, merci.

— Si j'en prends un autre, j'aurai la gueule de bois à l'école demain, fit Kati.

Isabel rit.

— Tu as toujours la gueule de bois à l'école, rétorqua-t-elle. (Elle tendit son verre à Nate.) Tiens, je partagerai le mien avec Kati.

— Laisse-moi te donner un coup de main, proposa Chuck.

Mais avant qu'il ne pût aller bien loin, Mme van der Woodsen se joignit à eux et toucha le bras de sa fille.

— Serena, dit-elle, Eleanor aimerait que nous passions à table. Elle t'a fait une petite place à côté d'Olivia afin que vous puissiez rattraper le temps perdu, toutes les deux.

Serena jeta un coup d'œil anxieux à Olivia mais celle-ci avait déjà tourné les talons et se dirigeait vers la table où elle s'assit à côté de son petit frère de onze ans, Tyler, installé à sa place depuis une heure en train de lire le magazine *Rolling Stone*. L'idole de Tyler était ce réalisateur de film, Cameron Crowe, parti en tournée avec Led Zeppelin quand il n'avait que quinze ans. Tyler refusait d'écouter des CD, prétendant que les vrais disques de vinyle étaient ce qu'il y avait de mieux. Olivia craignait que son frère ne devienne un *loser*.

Serena s'arma de courage et tira une chaise à côté d'Olivia.

— Olivia, je suis désolée d'avoir été aussi nulle, s'excusa-t-elle en enlevant la serviette en lin de son rond en argent et en l'étalant sur ses genoux. La séparation de tes parents, ça a pas dû être marrant !

Olivia haussa les épaules et prit un petit pain frais au levain dans un panier sur la table. Elle coupa le pain en deux et en fourra une moitié dans sa bouche. Les autres invités se dirigeaient encore vers la table et cherchaient leur place. Olivia savait que c'était malpoli de manger avant que tout le monde ne soit assis mais si elle avait la bouche pleine, elle ne pourrait pas parler et elle n'avait absolument pas envie de parler.

— J'aurais bien voulu être là, poursuivit Serena, en observant Olivia étaler un gros morceau de beurre français sur l'autre moitié de son petit pain. Mais j'ai passé une année de folie. J'ai des histoires hyper démentes à te raconter.

Olivia hocha la tête et mâcha lentement son petit pain, telle une vache qui rumine. Serena attendait qu'Olivia lui demande quel genre d'histoires elle avait à raconter mais celle-ci ne disait rien, elle continuait à mâcher. Elle ne voulait pas savoir toutes ces choses fabuleuses que Serena avait faites en son absence pendant qu'Olivia était coincée chez elle à regarder ses parents se battre pour des chaises d'époque sur lesquelles personne ne s'asseyait, pour des tasses à thé dont personne ne se servait, et pour d'affreuses peintures hors de prix.

Serena aurait voulu lui parler de Charles, le seul rasta de l'Hanover Academy qui lui avait demandé de s'enfuir avec lui en Jamaïque. De Nicolas, le type d'une université française qui ne portait jamais de sous-vêtements et qui avait poursuivi son train dans une minuscule Fiat, de Paris à Milan. Lui raconter qu'elle avait fumé du hasch à Amsterdam et dormi dans un parc avec un groupe de prostituées ivres car elle avait oublié où elle séjournait. Elle voulait dire à Olivia combien ça avait craint quand elle avait appris que l'Hanover Academy ne la reprendrait pas en terminale tout simplement parce qu'elle avait séché les premières semaines de cours. Elle voulait dire à Olivia combien elle appréhendait de retourner à Constance demain car elle n'avait pas vraiment travaillé dur l'an passé et ne se sentait franchement plus dans le coup.

Mais Olivia n'était pas intéressée. Elle attrapa un autre petit pain et en avala un gros morceau.

— Du vin, mademoiselle ? demanda Esther, debout à la gauche de Serena, la bouteille à la main.

— Oui, merci, répondit Serena.

Elle regarda le côtes-du-rhône couler dans son verre et songea une fois de plus à la mer Rouge. *Peut-être qu'Olivia sait*, se dit-elle. Qu'est-ce que tout cela signifiait ? Était-ce pour cela qu'elle se comportait si bizarrement ?

Serena jeta un œil à Nate, quatre chaises plus loin sur sa droite, mais il était en pleine conversation avec son père. Ils devaient sûrement parler bateaux.

— Alors, toi et Nate êtes encore complètement ensemble ? s'enquit Serena, prenant un risque. J'imagine que vous allez bien vous marier un jour, vous deux.

Olivia avala son vin d'un coup, son petit rubis cliquetant contre le verre. Elle attrapa le beurre et en étala un gros morceau sur son petit pain.

— Allô ? Olivia ? dit Serena en lui donnant un petit coup de coude. Tu vas bien ?

— Ouais, répondit Olivia en ayant du mal à articuler. (C'était moins une réponse à la question de Serena qu'une déclaration vague et générale destinée à remplir un blanc tandis qu'elle s'occupait de son morceau de pain.) Je vais bien.

Esther apporta le canard, le soufflé écrasé et plat comme un gland de chêne, les blettes trop cuites et la sauce aux airelles ; et la table s'emplit de bruits de couverts qui s'entrechoquent et de murmures de

« délicieux ! ». Olivia entassa de la nourriture sur son assiette et l'attaqua comme si elle n'avait rien mangé depuis trois semaines. Elle se fichait bien de se rendre malade, tant qu'elle n'était pas forcée de parler à Serena.

— Waouh ! s'exclama Serena en regardant Olivia s'empiffrer. Tu dois avoir faim !

Olivia hocha la tête et enfourna une pleine fourchette de blettes dans sa bouche. Elle la fit passer avec un verre de vin.

— Je meurs de faim, dit-elle.

— Alors, Serena, cria Cyrus Rose du bout de la table, parle-moi de la France. Ta mère dit que tu es allée dans le Sud cet été. Est-ce vrai que les Françaises ne portent pas de haut de maillot sur la plage ?

— Oui, c'est vrai, répondit Serena. (Elle leva un sourcil, taquine.) Mais pas seulement les Françaises. Moi non plus, je n'ai jamais mis de haut là-bas. Sinon, comment aurais-je pu avoir un bronzage décent ?

Olivia faillit s'étouffer avec un énorme morceau de soufflé et le recracha dans son vin. Il flotta à la surface du liquide cramoisi comme une boulette pâteuse jusqu'à ce qu'Esther lui enlève son verre en quatrième vitesse et lui en rapporte un propre.

Personne ne s'en rendit compte. Serena avait toute l'attention de la tablée et captiva son public avec ses voyages en Europe jusqu'au dessert. Lorsque Olivia eut terminé sa deuxième assiette de canard, elle engloutit un énorme bol de pudding au tapioca arrosé de chocolat, ne prêtant pas attention à la voix de Serena, et en s'en mettant une pleine cuillère dans la bouche. Enfin, son estomac se rebella et elle se leva d'un coup, tira sa chaise en raclant le sol et dévala le couloir jusqu'à sa chambre, direction la salle de bains attenante.

— Olivia ? lui cria Serena. (Elle se leva.) Excusez-moi, dit-elle et elle se précipita pour voir ce qui se passait.

Pas la peine de speeder ; Olivia ne partait nulle part.

Lorsque Chuck vit Olivia se lever de table, suivie de Serena, il hocha la tête d'un air entendu et donna un petit coup de coude à Isabel.

— Olivia sait des trucs crades sur elle, murmura-t-il. Carrément génial.

Nate, de plus en plus mal à l'aise, observa les deux filles quitter la table. Il était quasi sûr que la seule chose dont parleraient les filles aux W.-C., c'était de sexe.

Et il avait presque raison.

Olivia s'agenouilla au-dessus des toilettes et enfonça son majeur dans la gorge, aussi loin qu'elle le put. Ses yeux commencèrent à larmoyer puis son estomac à se convulser. Elle avait déjà fait cela auparavant, bien des fois. C'était dégoûtant et affreux, et elle savait qu'elle ne devrait pas le faire mais, au moins, elle se sentirait mieux lorsque ce serait terminé.

La porte de la salle de bains n'était qu'à moitié fermée et Serena entendit son amie vomir de l'autre côté.

— Olivia, c'est moi, dit Serena d'un ton calme. Tu vas bien ?

— Je sors dans une minute, répondit sèchement Olivia, s'essuyant la bouche.

Elle se leva et tira la chasse d'eau.

Serena ouvrit la porte et Olivia se retourna, lui lançant un regard mauvais.

— Je vais bien. Vraiment.

Serena referma le couvercle des toilettes et s'assit dessus.

— Oh, arrête d'être aussi garce, Olivia, dit-elle, exaspérée. Qu'est-ce qui se passe ? C'est moi, tu te souviens ? Nous connaissons tout l'une de l'autre.

Olivia attrapa sa brosse à dents et son dentifrice.

— Nous *connaissions* tout, *avant*, rectifia-t-elle et elle se mit à se brosser les dents comme une forcenée. (Elle recracha un morceau de mousse verte.) À quand remonte la dernière fois où nous nous sommes parlé, au fait ? Pas l'été dernier mais celui d'avant ? Quelque chose comme ça, non ?

Serena baissa les yeux sur ses bottes en cuir marron éraflées.

— Je sais. Je suis désolée.

Olivia rinça sa brosse à dents et la rangea dans le porte-brosse à dents. Elle fixa son reflet dans le miroir de la salle de bains.

— Eh bien, tu as loupé des tas de trucs, dit-elle en essuyant un pâté de mascara sous son œil avec le bout de son petit doigt. Je veux dire que l'année passée a vraiment été… différente.

Elle était sur le point de dire « difficile » mais cela l'aurait fait passer pour une victime. Comme si elle avait eu du mal à survivre sans Serena. « Différente », c'était mieux.

Olivia jeta un œil à Serena, assise sur les toilettes, avec un soudain sentiment de toute-puissance.

— Nate et moi sommes devenus vraiment proches, tu sais. Nous nous disons tout.

Ouais, bon. Très bien.

Les deux filles se toisèrent d'un œil méfiant l'espace d'un instant. Puis Serena haussa les épaules.

— Bien, ne t'inquiète pas pour Nate et moi. Nous sommes juste amis, tu le sais. Et en plus, j'en ai marre des garçons.

Les coins de la bouche d'Olivia se retroussèrent. Serena voulait manifestement qu'elle lui demande « pourquoi », *pourquoi* en avait-elle marre des garçons ? Mais Olivia n'allait pas lui faire ce plaisir. Elle tira sur son pull et jeta un dernier coup d'œil à son reflet dans le miroir.

— Je te retrouve là-bas, dit-elle.

Et elle quitta brusquement la salle de bains.

Merde, pensa Serena. Mais elle resta où elle était. Ça ne servait à rien de courir après Olivia à présent, alors qu'elle était apparemment d'une humeur de merde. Les choses iraient mieux demain à l'école. Olivia et elle reprendraient sûrement leurs célèbres conversations à bâtons rompus à la cantine, en mangeant des yaourts au citron et de la romaine. Ce n'était pas comme si elles ne pouvaient plus être amies.

Serena se leva et examina ses sourcils dans le miroir de la salle de bains, utilisant la pince à épiler d'Olivia pour ôter quelques poils égarés. Elle sortit de sa poche un tube de brillant à lèvres *Gash* de Urban Decay et étala une autre couche sur ses lèvres. Puis elle prit la brosse d'Olivia et se brossa les cheveux. Enfin elle fit pipi et rejoignit le dîner, oubliant son brillant à lèvres sur le lavabo d'Olivia.

Lorsque Serena se rassit, Olivia se resservait de dessert pour la deuxième fois, et Nate faisait à Cyrus un dessin à échelle réduite de son voilier à la con sur le dos d'une pochette d'allumettes. De l'autre côté de la table, Chuck leva son verre pour trinquer avec Serena. Elle n'avait aucune idée de ce à quoi elle portait un toast mais elle était toujours partante pour tout.

Avertissement : tous les noms de lieux, personnes et événements ont été modifiés ou abrégés afin de protéger les innocents. En l'occurrence, moi.

salut à tous !

_S_ VUE SUR LES MARCHES DU MET EN TRAIN DE DEALER

Eh bien, ça démarre sur les chapeaux de roue ! Vous m'avez envoyé des tonnes d'e-mails et j'ai pris énormément de plaisir à tous les lire. Merci infiniment. Que c'est bon d'être méchant, non ?

Vos e-mails

Q: Salut Gossip Girl,
J'ai entendu parler d'une fille dans le New Hampshire que la police a trouvée nue dans un champ, au milieu d'un tas de poulets morts. Ils pensaient qu'elle était dans une espèce de merde vaudou, un truc dans le genre. Crois-tu que c'était ***S*** ? On dirait bien, non ? JLA DTST !!
Catee3

R: Chère Catee3,
Je ne sais pas mais ça ne me surprendrait pas. ***S*** est une grande fan de poulets. Une fois, dans le parc, je l'ai vue s'envoyer un sachet entier de poulet frit sans s'arrêter pour reprendre son souffle. Mais je

suppose qu'elle avait vraiment dû forcer sur la pipe à eau ce jour-là.
GG

Q: Chère GG,
Mon nom commence par ***S*** et j'ai des cheveux blonds !!!! Je rentre moi aussi du pensionnat et retrouve ma vieille école à NYC. J'en avais juste trop marre de toutes ces règles : ne pas boire, ne pas fumer ou pas de garçons dans nos chambres. (Bref, j'ai mon propre appartement maintenant et je fais une soirée samedi prochain. Tu veux venir ? :-)
S969

R: Chère S969,
La ***S*** sur laquelle j'écris vit toujours chez ses parents comme la majorité d'entre nous, à dix-sept ans, espèce de garce veinarde !
GG

Q: Tu sais quoi, Gossip Girl ?
Hier soir, des mecs que je connais ont acheté des tas de pilules à une poulette blonde sur les marches du Met. Elles étaient estampillées de la lettre ***S***, coïncidence ou quoi ?
N00name.

R: Chère N00name,
WAOUH, c'est tout ce que j'ai à dire.
GG

3 MECS ET DEUX FILLES

I et ***K*** vont avoir un peu de mal à rentrer dans ces jolies petites robes qu'elles ont achetées chez Bendels si elles continuent à s'arrêter au **3 Guys Coffee Shop** pour prendre un chocolat chaud et des frites tous les jours. J'y suis allée pour voir pourquoi on en faisait tout un plat et je dirais que le serveur est mignon si vous aimez les poils aux oreilles mais la bouffe est pire que chez **Jackson Hole** et l'âge moyen, c'est 100 ans.

ON A VU

C chez **Tiffany**, choisissant une autre paire de boutons de manchette monogrammés pour une soirée. Et moi, alors ? j'attends mon invite ! La mère de ***O*** main dans la main avec son nouveau mec chez **Cartier**. Hummm, à quand le mariage ? On a vu aussi : une fille, qui ressemblait comme deux gouttes d'eau à ***S***, sortant d'un service de dermato-vénérologie dans le Lower East Side. Elle portait une grosse perruque noire et de grosses lunettes de soleil. Une sorte de déguisement. Et hier soir, très tard, on a vu ***S*** se pencher par la fenêtre de sa chambre sur la 5e Avenue, l'air un peu perdu.

Ne saute pas, ma belle, les choses commencent tout juste à être passionnantes !

C'est tout pour l'instant. À demain en cours !

Vous m'adorez, ne dites pas le contraire.

gossip girl

écoutez le chant des anges

— Bienvenue, les filles, claironna Mme McLean du haut du podium de l'auditorium de l'école. J'espère que vous avez toutes passé un long week-end fantastique. J'ai passé le week-end dans le Vermont et il a été absolument divin.

Les sept cents étudiantes de l'École de filles de Constance Billard, du jardin d'enfants à la terminale, plus ses cinquante professeurs et membres du corps enseignant, gloussèrent discrètement. Tout le monde savait que Mme McLean avait une petite amie dans le Vermont. Elle s'appelait Vonda et conduisait un tracteur. Mme McLean avait un tatouage à l'intérieur de sa cuisse qui disait : « Chevauche-moi, Vonda. »

C'est la vérité, je le jure sur la tête de Dieu !

Mme McLean ou Mme M., comme l'appelaient les filles, était la directrice de l'école. Son boulot consistait à produire le nec plus ultra – envoyer les filles dans les meilleures universités, leur faire faire les plus beaux mariages et avoir les meilleures vies. Et elle excellait là-dedans. Elle n'avait aucune patience pour les *losers* et si elle surprenait une de ses filles en train de se comporter en *loser* – téléphoner systématiquement pour dire qu'elle était malade ou avoir de mauvaises notes à ses examens d'entrée à l'université – elle faisait appel à des psys, des conseillers pédagogiques et des professeurs particuliers pour s'assurer que la fille en question avait l'attention personnelle nécessaire afin d'avoir de bonnes notes, de bons résultats et un accueil chaleureux dans l'université de son choix.

Mme M. ne supportait pas non plus la méchanceté. Constance était censée être une école sans clans ni préjugés d'aucune sorte. Son adage préféré était le suivant : « Lorsque vous *cassez du sucre* sur le dos des autres, vous *vous cassez* et vous *me cassez.* » La moindre calomnie était sanctionnée par une journée d'isolement et l'obligation de rédiger une dissertation particulièrement difficile. Mais ces punitions étaient rarement nécessaires. Mme M. ignorait parfaitement ce qui se passait réellement dans son établissement. Elle n'entendait sûrement pas les murmures tout au fond de l'auditorium où étaient assises les élèves de terminale.

— Je croyais que tu avais dit que Serena revenait aujourd'hui, murmura Rain Hoffstetter à Isabel Coates.

Ce matin, Olivia, Kati et Isabel s'étaient toutes retrouvées sous leur porche habituel au coin de la rue pour fumer une cigarette et boire un café avant le début des cours. Voilà deux ans qu'elles faisaient tous les jours la même chose et elles s'étaient à moitié attendues à ce que Serena les rejoigne. Mais les cours avaient commencé depuis dix minutes et aucun signe de Serena.

C'était plus fort qu'Olivia mais Serena la gonflait : en n'arrivant pas à l'heure, elle créait encore plus de mystère autour de son retour. Ses amies étaient pratiquement en train de se contorsionner dans leurs sièges, impatientes d'apercevoir Serena, comme si elle était une espèce de célébrité.

— Elle est probablement trop défoncée pour venir en cours aujourd'hui, chuchota Isabel. Je le jure, elle a passé, quoi, une heure dans la salle de bains d'Olivia hier soir. Qui sait ce qu'elle fabriquait là-dedans !

— Il paraît qu'elle vend ces pilules avec la lettre S marquée dessus. Elle en est complètement accro, confia Kati à Rain.

— Attends de la voir, poursuivit Isabel. Elle est complètement à la masse.

— Ouais, lui répondit Rain dans un murmure, j'ai entendu dire qu'elle avait commencé une espèce de culte vaudou dans le New Hampshire.

Kati rit sottement.

— Je me demande si elle va nous demander de nous joindre à elle.

— Quoi ? fit Isabel. Elle peut danser toute nue autour de poulets autant qu'elle le veut, sans moi ! Pas question !

— Où peut-on trouver des poulets vivants en ville, d'ailleurs ? demanda Kati.

— C'est dégueulasse ! s'exclama Rain.

— Maintenant j'aimerais commencer par chanter un hymne. Si vous voulez bien vous lever et ouvrir vos livres de cantiques à la page quarante-trois, leur ordonna Mme M.

Mme Weeds, la professeur de musique hippy aux cheveux crépus, commença à jouer sur son piano les premiers accords de l'hymne familier. Les sept cents filles se levèrent toutes et se mirent à chanter.

Leurs voix résonnèrent sur la 99e Rue que Serena van der Woodsen venait d'emprunter en se maudissant d'être en retard. Elle ne s'était pas réveillée si tôt depuis ses derniers examens à l'Hanover Academy en juin dernier, et elle avait oublié combien ça craignait de se lever à l'aube.

Écoutez, le chant des anges
Vient d'éclater dans les airs ;
Joignons aussi nos louanges
À leurs sublimes concerts.

Jenny Humphrey, élève de troisième à Constance, feignit de chanter l'hymne, partageant avec sa voisine le livre de cantiques qu'elle avait elle-même été sommée d'écrire de sa calligraphie exceptionnelle. Cela lui avait pris tout l'été et les livres de cantiques étaient magnifiques. Dans trois ans, l'Institut Pratt d'Art et de Design lui ferait un pont d'or. Pourtant Jenny était ultra embarrassée chaque fois qu'elles se servaient des livres de cantiques, raison pour laquelle elle n'arrivait pas à chanter à voix haute. Pour elle, cela relevait d'un acte de bravade, comme si elle disait : « Regardez-moi, je chante sur les livres de cantiques que *j*'ai faits ! Je suis cool, non ? »

Jenny préférait être invisible. Elle n'était qu'une toute petite bizuth aux cheveux frisés, et se rendre invisible n'était donc pas compliqué. En fait, c'eût été beaucoup plus facile si ses seins n'avaient pas été aussi incroyablement énormes. À quatorze ans, elle faisait un 90 D de tour de poitrine.

Vous imaginez ?

Gloire à Dieu ! Paix sur la Terre !
Aujourd'hui le Christ est né !
Jésus s'est fait notre frère,
Un Sauveur nous est donné.

Jenny se trouvait au bout d'une rangée de chaises pliantes, près des grandes fenêtres de l'auditorium qui donnaient sur la 99e Rue. D'un seul coup, un mouvement dans la rue attira son regard. Des cheveux blonds volant au vent. Un manteau en tissu écossais Burberry. Des bottes en daim marron éraflées. Un nouvel uniforme marron – choix curieux mais, sur elle, c'était fantastique. On aurait dit que… Non, ça ne pouvait pas… Est-ce que c'était… Non ! Si ?

Si, c'était elle.

Un instant plus tard, Serena van der Woodsen poussa la lourde porte en bois de l'auditorium et resta devant, cherchant sa classe. Elle était à bout de souffle et ses cheveux, ébouriffés par le vent. Ses joues étaient roses et ses yeux brillants à force d'avoir parcouru en courant les douze pâtés de maisons de la 5e Avenue à l'école. Elle était encore plus parfaite que dans les souvenirs de Jenny.

— Oh ! Mon Dieu ! murmura Rain à Kati au fond de la salle. Est-ce qu'elle a, je sais pas, moi, pris ses fringues dans un foyer pour SDF sur la route ?

— Elle ne s'est même pas brossé les cheveux ! glousssa Isabel. Je me demande où elle a dormi hier soir.

Mme Weeds termina l'hymne sur un accord fracassant.

Mme M. s'éclaircit la gorge.

— Et maintenant, un moment de silence pour ceux qui ont moins de chance que nous. Notamment pour les Indiens d'Amérique qui ont été massacrés en fondant ce pays, pour qui nous n'avons pas eu la moindre pensée hier, quand nous avons fêté Columbus Day[1], dit-elle.

Le silence s'abattit sur la salle. Enfin presque.

— Regarde, tu vois comment Serena pose la main sur son ventre ? Elle est probablement enceinte, murmura Isabel Coates à Rain Hoffstetter. Tu ne fais ça que quand tu es enceinte !

— Elle a dû se faire avorter ce matin. C'est peut-être pour ça qu'elle est en retard, répondit Rain à voix basse.

— Mon père fait des dons à Phoenix House, confia Kati à Laura Salmon. Je vais essayer de savoir si Serena y est allée. Je parie que c'est pour ça qu'elle est revenue au milieu du trimestre. Elle était en désintoxication.

— Il paraît qu'au pensionnat, ils mélangent le Comet, la cannelle et le café instantané et qu'ils le sniffent. C'est comme les amphétamines, mais ta peau devient verte si tu le sniffes trop longtemps, se fit entendre Nicki Button. Tu deviens aveugle et après tu meurs.

Olivia saisit des bribes de la conversation de ses amies et cela la fit sourire.

Mme M. se tourna pour faire un signe de tête à Serena.

— Les filles, j'aimerais que vous accueilliez toutes

1. Jour férié, le deuxième lundi d'octobre, commémorant la découverte de l'Amérique par Christophe Colomb. *(N.d.T.)*

notre vieille amie Serena van der Woodsen. Serena intégrera les cours de terminale aujourd'hui, dit Mme M. en souriant. Et si tu allais t'asseoir, Serena ?

Serena descendit l'allée centrale de l'auditorium d'un pas léger et s'installa sur une chaise vide près de Lisa Sykes, une élève du cours élémentaire qui se curait constamment le nez.

Jenny avait bien du mal à refréner son enthousiasme. Serena van der Woodsen ! Elle était *ici* ! Dans la même pièce, à quelques mètres d'elle seulement ! Si *réelle* ! Et l'air si mature à présent.

Je me demande combien de fois elle l'a fait, s'interrogea intérieurement Jenny.

Elle imagina Serena et un mec blond de l'Hanover Academy, appuyés contre le tronc d'un vieil arbre massif, son manteau enveloppé autour d'eux deux. Serena avait dû sortir furtivement de son dortoir sans mettre son manteau. Elle avait très froid et de la sève dans les cheveux mais ça valait le coup. Puis Jenny imagina Serena et un autre garçon fictif sur un télésiège. Le télésiège s'était coincé et Serena grimpa sur les genoux du garçon pour se réchauffer. Ils commencèrent à s'embrasser et ne purent s'arrêter. Quand ils eurent terminé, le télésiège était reparti et leurs skis, tout emmêlés ; ils restèrent donc sur le siège et redescendirent tout en recommençant.

Que c'est cool ! songea Jenny. De très loin, Serena van der Woodsen était vraiment la fille la plus cool du monde entier. Carrément plus cool que toutes les autres élèves de terminale. Et que c'était cool d'arriver en retard, en plein trimestre, avec un look comme le *sien* !

Vous avez beau être extrêmement riche et fabuleuse,

le pensionnat a le don de vous faire ressembler à un SDF. À une SDF glamour, dans le cas de Serena.

Voilà plus d'un an qu'elle ne s'était pas fait couper les cheveux. Hier soir, elle les avait attachés mais aujourd'hui, ils étaient détachés et carrément hirsutes. Sa chemise blanche très ample de garçon était râpée au col et aux poignets et, à travers, on voyait son soutien-gorge de dentelle violet. Aux pieds, elle portait ses bottes lacées marron préférées et ses bas noirs étaient troués au genou. Le pire, c'était qu'elle avait dû acheter un nouvel uniforme vu qu'elle avait jeté le sien au vide-ordures quand elle était partie au pensionnat. Son nouvel uniforme était ce qu'il y avait de plus frappant.

Les nouveaux uniformes étaient la bête noire des élèves de sixième, année au cours de laquelle les filles de Constance troquaient leur tunique contre une jupe. Les nouvelles jupes étaient en polyester et avaient des plis anormalement rigides. La matière était brillante, affreuse et vulgaire et d'une autre couleur : bordeaux. C'était hideux. Et c'était cet uniforme marron que Serena avait choisi de porter pour son retour à Constance. En plus, sa jupe lui arrivait aux genoux ! Toutes les autres élèves de terminale portaient les mêmes bonnes vieilles jupes de laine bleu marine depuis la sixième. Elles avaient tellement grandi que leurs jupes étaient extrêmement courtes. Plus la jupe était courte, plus la fille était cool.

Olivia, qui n'avait pas grandi tant que ça, l'avait raccourcie en cachette.

— Qu'est-ce que c'est que cette merde qu'elle porte, d'ailleurs ? siffla Kati Farkas.

— Peut-être qu'elle croit que le bordeaux, ça fait Prada, un truc comme ça, ricana Laura.

— À mon avis, elle essaie de se faire remarquer avec ses fringues, murmura Isabel. Du genre : « Regardez-moi, je suis Serena, je suis belle et je peux porter tout ce que je veux. »

Et c'est le cas, songea Olivia. C'était l'une des choses qui l'avait toujours exaspérée chez Serena. Elle pouvait tout porter.

Mais peu importait le look de Serena. Ce que Jenny et toutes les autres élèves de l'auditorium voulaient savoir c'était : *Pourquoi est-elle revenue ?*

Elles tendirent le cou pour mieux voir. Avait-elle un œil au beurre noir ? Était-elle enceinte ? Avait-elle l'air défoncé ? Avait-elle bien toutes ses dents ? Qu'est-ce qui avait changé en elle ?

— Est-ce une cicatrice sur sa joue ? demanda Rain à voix basse.

— Elle a reçu un coup de couteau un soir en dealant, lui répondit Kati. J'ai entendu dire qu'elle avait fait de la chirurgie esthétique en Europe l'été dernier mais qu'ils n'avaient pas pu faire de miracles.

Mme McLean lisait à haute voix à présent. Serena se cala dans son siège, croisa les jambes et ferma les yeux, savourant cette bonne vieille sensation d'être assise dans cette salle pleine de filles, à écouter la voix de Mme M. Elle ignorait pourquoi elle avait été aussi nerveuse ce matin avant de venir en cours. Elle s'était réveillée en retard et s'était habillée en quatrième vitesse, faisant un trou dans ses collants noirs avec un ongle d'orteil mal coupé. Elle avait choisi la vieille chemise râpée de son frère Erik car elle portait son odeur. Erik était allé au même pensionnat que Serena mais, à présent, il était à la fac et lui manquait terriblement.

Juste au moment où elle sortait de son appartement, sa mère l'avait aperçue et l'aurait fait changer de tenue si Serena n'avait pas été autant en retard.

— Ce week-end, lui avait dit sa mère, nous irons faire du shopping et je t'emmènerai dans mon salon de coiffure. Tu ne peux pas traîner ici comme ça, Serena. Je me moque bien de comment ils te laissaient t'habiller au pensionnat.

Puis elle embrassa sa fille sur la joue et retourna se coucher.

— Oh, mon Dieu, je crois qu'elle dort, murmura Kati à Laura.

— Peut-être qu'elle est juste fatiguée, rétorqua Laura. J'ai entendu dire qu'elle s'était fait virer parce qu'elle couchait avec tous les mecs du campus. Il y avait des encoches sur le mur au-dessus de son lit. Sa camarade de chambre l'a dénoncée et c'est comme ça qu'ils ont tout découvert.

— Plus toutes ces nuits à faire la danse du poulet, ajouta Isabel, faisant pouffer de rire les autres.

Olivia se mordit la lèvre, réprimant une envie de rire. C'était vraiment trop drôle.

l'autre fan de s

Si Jenny Humphrey avait pu entendre ce que disaient les filles de terminale sur Serena van der Woodsen, son idole, elle leur aurait cassé les abattis. À la minute où les prières furent terminées, Jenny bouscula ses camarades de classe et se précipita dans le couloir pour passer un coup de fil. Son frère Daniel allait péter un plomb lorsqu'elle lui aurait annoncé la nouvelle.

— Allô ?

Daniel Humphrey répondit à la troisième sonnerie sur son téléphone portable. Il se trouvait à l'angle de la 77e Rue et de West End Avenue, devant Riverside Prep, et fumait une cigarette. Il plissa ses yeux marron foncé, essayant de se protéger du soleil d'octobre éblouissant. Dan n'aimait pas le soleil. Il passait la majorité de son temps libre enfermé dans sa chambre à lire de la poésie morbide et existentialiste sur la cruelle destinée de l'être humain. Il était pâle, hirsute et maigre comme une rock-star.

Rien de tel que l'existentialisme pour vous couper l'appétit.

« Devine qui est de retour ? » entendit-il sa petite sœur crier d'une voix perçante, tout excitée, au téléphone.

Comme Dan, Jenny était une solitaire et lorsqu'elle avait besoin de parler à quelqu'un, c'était toujours lui qu'elle appelait. C'était elle qui leur avait acheté des téléphones portables.

— Jenny, est-ce que ça ne peut pas attendre… commença à dire Dan, l'air ennuyé comme seuls les grands frères peuvent l'être.

— Serena van der Woodsen ! l'interrompit Jenny. Serena est de retour à Constance ! Je l'ai vue à la prière. Tu arrives à le croire ?

Dan observa le couvercle d'une tasse en plastique ricocher sur le trottoir. Une Saab rouge descendait West End Avenue à toute allure dans une lumière jaune. Ses chaussettes étaient humides dans ses Hush Puppies en daim marron.

Serena van der Woodsen. Il tira une longue taffe sur sa Camel. Ses mains tremblaient tellement qu'il faillit louper sa bouche.

— Dan ? cria sa sœur au téléphone. Tu m'entends ? Tu as entendu ce que je t'ai dit ? Serena est de retour. Serena van der Woodsen !

Dan reprit brusquement son souffle.

— Oui, je t'ai entendue, répondit-il, feignant l'indifférence. Et alors ?

— Et alors ? s'exclama Jenny, incrédule. Bon, d'accord, comme si tu ne venais pas d'avoir une minicrise cardiaque ! Arrête de déconner, Dan !

— Non, je suis sérieux, fit Dan, énervé. Pourquoi m'appelles-tu ? Qu'est-ce que ça peut me faire ?

Jenny soupira bruyamment. Dan pouvait être tellement agaçant ! Pourquoi ne pouvait-il pas faire semblant d'être content pour une fois ? Elle en avait franchement marre de son numéro de poète pâle, introspectif et malheureux.

— Très bien, dit-elle. Laisse tomber. À plus tard.

Elle raccrocha et Dan fourra son téléphone portable dans la poche de son pantalon en velours côtelé noir délavé. Il sortit un paquet de cigarettes de sa poche arrière et en alluma une autre avec le mégot brûlant de celle qu'il fumait déjà. L'ongle de son pouce le brûla légèrement mais il le sentit à peine.

Serena van der Woodsen.

La première fois qu'ils s'étaient rencontrés, c'était à une soirée. Non, ce n'était pas la *stricte* vérité. Dan l'avait *vue* à une soirée, sa soirée, la seule *qu'il* avait jamais faite dans l'appartement familial à l'angle de la 99e et de West End Avenue.

C'était le mois d'avril, en quatrième. La soirée était l'idée de Jenny, et leur père, Rufus Humphrey, infâme éditeur à la retraite de petits poètes beatniks, lui-même fêtard invétéré, avait été ravi de rendre service. Leur mère était partie à Prague quelques années auparavant pour se « concentrer pleinement sur son art ». Dan avait invité toute sa classe en leur disant d'amener qui ils voulaient. Plus d'une centaine de gosses s'étaient pointés et Rufus avait fait couler la bière à flots dans un tonnelet dans la baignoire, soûlant pas mal de gamins pour la première fois de leur vie. C'était la meilleure soirée à laquelle Dan avait jamais assisté. Pas à cause de la beuverie mais parce que Serena van der Woodsen était là. Peu importe qu'elle ait été bourrée, se soit mise à jouer à un stupide jeu-beuverie sur le latin et qu'elle ait embrassé le ventre d'un type sur lequel étaient griffonnés des dessins au marqueur indélébile. Dan avait été incapable de la quitter des yeux.

Par la suite, Jenny lui apprit que Serena fréquentait la même école qu'elle, Constance, et à partir de là, sa sœur devint sa petite émissaire, lui racontant tout ce qu'elle avait vu Serena faire, dire, porter, etc. et informant Dan de tous les événements à venir où il pourrait l'apercevoir. Ces événements étaient rares. Non pas parce qu'ils n'étaient pas nombreux – bien au contraire – mais parce qu'il n'y en avait pas beaucoup auxquels Dan pût avoir la chance d'être invité. Dan ne vivait pas dans le même monde que Serena, Olivia, Nate et Chuck. Il n'était pas n'importe qui. Il était juste normal.

Pendant deux ans, Dan suivit Serena, avec tendresse, à distance. Il ne lui adressa jamais la parole. Quand elle partit au pensionnat, il tenta de l'oublier, sûr et certain qu'il ne la reverrait jamais, à moins que, par un tour de magie, ils ne se retrouvent dans la même université.

Et voilà qu'elle était de retour.

Dan descendit la rue à moitié, puis tourna au coin et repartit en sens inverse. Son esprit tournait à cent à l'heure. Il pourrait organiser une autre soirée. Il pourrait faire les invitations et demander à Jenny d'en glisser une dans le casier de Serena à l'école. Lorsque Serena arriverait chez lui, Dan viendrait l'accueillir, prendrait son manteau et lui souhaiterait la bienvenue à New York.

Il a plu tous les jours de ton absence, lui dirait-il, poète.

Puis ils s'esquiveraient dans la bibliothèque de son père, se déshabilleraient et s'embrasseraient sur le divan en cuir devant la cheminée. Et lorsque tout le monde serait parti, ils partageraient un bol de glace au café Breyers, la préférée de Dan. Ensuite, ils passeraient chaque minute ensemble. Ils demanderaient même leur transfert dans un lycée mixte tel que Trinity pour finir leur année de terminale car ils ne supporteraient pas d'être séparés. Enfin ils iraient à Columbia, et vivraient dans un studio pas loin de l'université avec juste un lit immense en guise de mobilier. Les amies de Serena essaieraient de la persuader par la ruse de reprendre son ancien mode de vie, mais aucun bal de charité, aucun dîner en tenue de soirée, aucune fête hors de prix ne la tenterait. Elle se ficherait bien de devoir abandonner son fonds en fidéicommis et les diamants de son arrière-grand-mère. Serena serait prête à vivre dans la misère noire tant qu'elle pouvait être avec Dan.

« Bordel de merde ! On a plus que cinq minutes avant la reprise des cours ! » fit une voix odieuse derrière Dan.

Dan se retourna et évidemment, c'était Chuck Bass ou « Écharpe Boy » comme Dan aimait l'appeler car Chuck portait toujours cette écharpe ridicule en cachemire monogrammée. Chuck n'était qu'à six mètres de lui, en compagnie de Roger Paine et Jefferson Prescott, deux de ses potes de terminale de Riverside Prep. Ils n'adressaient jamais la parole à Dan et ne semblaient même pas se rendre compte de sa présence. Pourquoi devraient-ils le faire ? Ces garçons prenaient le bus de la 79e Rue qui traverse la ville par Central Park tous les matins depuis le quartier huppé de l'Upper East Side pour aller à l'école. Ils ne s'aventuraient dans le West Side que pour aller en classe ou se rendre à une soirée de temps à autre. Ils étaient dans la classe de Dan à Riverside Prep mais n'étaient sûrement pas *de sa classe.* Il n'était rien pour eux. Ils ne le remarquaient même pas.

— Hé, les mecs ! lança Chuck à ses copains.

Il alluma une cigarette. Chuck fumait ses cigarettes comme si c'étaient des joints, en les tenant entre le pouce et l'index et en tirant fort sur le filtre.

Pathétique, franchement.

— Devinez qui j'ai vu hier soir ? fit Chuck en soufflant une volute de fumée grise.

— Liv Tyler ? proposa Jeffrey.

— Ouais et elle t'a pas lâché de la soirée, c'est ça ? ajouta Roger en riant.

— Non. Pas elle. Serena van der Woodsen, rétorqua Chuck.

Dan dressa l'oreille. Il était sur le point de rentrer en cours mais alluma une autre cigarette et ne bougea pas pour pouvoir les écouter.

— La mère d'Olivia Waldorf a fait sa petite soirée et Serena a accompagné ses parents, poursuivit Chuck. Et *elle* m'a pas lâché de la soirée. C'est, disons, la plus belle salope que j'aie jamais rencontrée.

Chuck tira de nouveau sur sa cigarette.

— Vraiment ? dit Jeffrey.

— Oui, vraiment. Premièrement, je viens de découvrir qu'elle baise avec Nate Archibald depuis la seconde. Et elle a reçu une sacrée éducation au pensionnat, si vous voyez ce que je veux dire. Ils ont dû se débarrasser d'elle, tellement c'est une traînée.

— Pas possible ! dit Roger. Allez, mec, on se fait pas virer parce qu'on est une salope !

— Si. Tu te fais virer si tu tiens un fichier de tous

les mecs avec qui t'as couché et que tu les fais devenir accros aux drogues que tu prends. Ses parents ont dû aller la chercher là-bas. Elle était, disons, en train de pervertir toute l'école.

Chuck commençait à s'énerver. Son visage s'empourprait et il crachait en parlant.

— Il paraît aussi qu'elle a chopé des tas de maladies, ajouta-t-il. Genre MST. Quelqu'un l'a vue se rendre dans une clinique de l'East Village. Elle portait une perruque.

Les copains de Chuck secouèrent la tête, grognant de stupéfaction.

Dan n'avait jamais entendu de telles conneries. Serena n'était pas une traînée, elle était parfaite, n'est-ce pas ? *N'est-ce pas ?*

Cela restait à voir.

— Alors, les mecs, vous avez entendu parler de cette soirée d'oiseaux ? demanda Roger. Vous y allez ?

— Quelle soirée d'oiseaux ? s'enquit Jeffrey.

— Ce truc pour les faucons pèlerins de Central Park ? fit Chuck. Ouais, Olivia m'en a parlé. C'est dans l'ancien magasin Barneys. (Il tira une autre taffe sur sa cigarette.) Les mecs, tout le monde y va !

Tout le monde n'incluait pas Dan, naturellement. Mais incluait assurément Serena van der Woodsen.

— Ils envoient les invitations cette semaine, dit Roger. La soirée a un nom bizarre, je ne m'en souviens pas, un truc de filles.

— *Baiser sur les lèvres*, répondit Chuck, en écrasant sa cigarette avec ses odieuses chaussures, style Église d'Angleterre. C'est la soirée *Baiser sur les lèvres*.

— Oh, ouais, dit Jeffrey. Et je parie que ce sera pas que sur les lèvres ! ricana-t-il. Surtout si Serena est là !

Les garçons éclatèrent de rire, se félicitant les uns les autres pour leur extraordinaire sens de l'humour.

Dan en avait assez. Il jeta sa cigarette sur le trottoir à quelques centimètres des chaussures de Chuck et se dirigea vers les portes de l'école. Quand il passa devant les trois garçons, il tourna la tête et avança les lèvres, produisant trois fois un bruit de bécotage comme s'il déposait un gros baiser sur les lèvres de chaque garçon. Puis il pénétra à l'intérieur et referma violemment la porte derrière lui.

Baisez ça, bande de trous du cul !

au cœur de chaque faute de goût réside une incorrigible romantique

— Ce que je veux, c'est de la tension, expliqua Vanessa Abrams à la petite classe d'Études Cinématographiques Avancées. (Debout devant les élèves, elle présentait le concept du film qu'elle allait réaliser.) Je vais les filmer tous les deux en train de parler sur un banc dans un parc, la nuit. Sauf que vous ne pourrez pas vraiment entendre ce qu'ils diront.

Vanessa marqua une pause pour créer un effet dramatique et attendit que l'une de ses camarades dise quelque chose. M. Beckam, leur professeur, leur répétait constamment que pour faire vivre leurs scènes, il fallait des dialogues et de l'action et Vanessa était délibérément en train de faire le contraire.

— Donc il n'y a pas de dialogue, constata M. Beckam du fond de la classe où il se trouvait.

Il était douloureusement conscient que personne d'autre n'écoutait un traître mot de ce que racontait Vanessa.

— Vous entendrez le silence des immeubles, du banc et du trottoir, et vous verrez les éclairages des rues illuminer leurs corps. Puis vous apercevrez leurs mains bouger et leurs yeux parler. *Ensuite* vous les entendrez parler mais pas trop. C'est une scène d'ambiance, expliquait Vanessa.

Elle attrapa la télécommande du projecteur de diapositives et parcourut les diapos des photos noir et blanc qu'elle avait prises afin de montrer l'ambiance qu'elle recherchait pour son court métrage. Un banc en bois dans un parc. Un bout de trottoir. Une plaque d'égout. Un pigeon picorant un préservatif usagé. Un morceau de chewing-gum sur le bord d'une poubelle.

— Ha ! s'écria quelqu'un au fond de la salle.

C'était Olivia Waldorf qui riait à gorge déployée en lisant le petit mot que Rain Hoffstetter venait de lui passer :

Pour passer un bon moment
Appelez Serena van der Woodsen
MST assurées !

Vanessa lança un regard noir à Olivia. Les cours de cinéma étaient les préférés de Vanessa, la seule raison pour laquelle elle venait à l'école. Elle les prenait très au sérieux, contrairement à la plupart des autres filles, comme Olivia, pour qui le cours de ciné n'était qu'une récréation par rapport à tous leurs foutus Cours Avancés – CA de calcul, CA de bio, CA d'histoire, CA d'anglais, CA de littérature anglaise, CA de français. Elles empruntaient tout droit le chemin épineux de Yale, de Harvard ou de Brown que leurs familles avaient fréquenté des générations durant. Vanessa n'était pas comme elles. Ses parents n'étaient même pas allés à l'université. C'étaient des artistes et Vanessa n'avait qu'un seul désir dans la vie : rentrer à l'Université de New York pour se spécialiser en cinéma.

En fait, non, elle désirait autre chose. Ou *quelqu'un* d'autre, pour être plus précis, mais nous y reviendrons dans une minute.

Vanessa constituait une anomalie à Constance, la seule fille de l'école à avoir le crâne presque rasé, à porter des pulls à col roulé noirs tous les jours, à lire et relire *Guerre et Paix* de Tolstoï comme si c'était la Bible, à écouter Belle et Sebastian, et à boire du thé nature non sucré. Elle n'avait aucune amie à Constance et habitait à Williamsburgh, Brooklyn, avec Ruby, sa sœur de vingt-deux ans. Que faisait-elle donc dans une petite école privée de filles très sélecte de l'Upper East Side, entourée de princesses comme Olivia Waldorf ? C'était une question que Vanessa se posait tous les jours.

Les parents de Vanessa étaient d'anciens artistes révolutionnaires qui vivaient dans le Vermont, dans une maison faite de pneus de voitures recyclés. Quand elle eut quinze ans, ils permirent à Vanessa-la-jamais-contente d'aller habiter avec sa bassiste de sœur aînée à Brooklyn. Mais pour être sûrs qu'elle reçût une bonne éducation universitaire, ils l'envoyèrent à Constance.

Vanessa détestait cette école mais n'en dit jamais rien à ses parents. Il ne restait que huit mois avant le diplôme. Encore huit mois et elle pourrait enfin s'enfuir du centre pour aller à l'Université de New York.

Encore huit mois à supporter cette garce d'Olivia Waldorf et, pire, Serena van der Woodsen, de retour dans toute sa splendeur. Le retour de sa meilleure amie avait l'air de mettre Olivia Waldorf dans un état complètement orgasmique. En fait, tout le dernier rang du cours de cinéma dégoisait et se passait des petits mots, cachés dans les manches de leurs ignobles pulls en cachemire.

Eh bien, qu'elles aillent se faire foutre ! songea Vanessa. Elle releva le menton et poursuivit sa présentation. Elle était bien au-dessus de leurs conneries et de leur mesquinerie. *Plus que huit mois.*

Peut-être que si Vanessa avait vu le mot que Kati Farkas venait de faire passer à Olivia, elle aurait éprouvé davantage de sympathie pour Serena.

Chère Olivia,

Puis-je t'emprunter cinquante mille dollars ? Sniff, sniff, sniff. Si je ne rembourse pas l'argent que je dois à mon dealer de coke, je serai dans la merde.

Merde, mon entrejambe me démange.

Dis-moi pour l'argent.

Affectueusement,
Serena v. d. Woodsen

Olivia, Rain et Kati pouffèrent bruyamment.

« Chuut ! » murmura M. Beckam en jetant un coup d'œil plein de compassion à Vanessa.

Olivia retourna le petit mot et gribouilla une réponse au dos.

Bien sûr, Serena, tout ce que tu veux. Appelle-moi de prison, il paraît que la bouffe y est vraiment bonne. Nate et moi viendrons te rendre visite dès que nous aurons un moment, ce qui veut dire… Je ne sais pas…

JAMAIS ?!

J'espère que ta MST guérira vite.

Affectueusement,
Olivia.

Olivia repassa le petit mot à Kati ; elle ne se sentait qu'un tout petit peu morveuse d'être aussi vache. Tant d'histoires couraient sur Serena que, en toute franchise, elle ne savait plus que croire. De plus, Serena n'avait toujours avoué à personne pourquoi elle était revenue, alors pourquoi Olivia devrait-elle faire quoi que ce soit pour la défendre ? Peut-être qu'une partie de ces rumeurs étaient fondées. Peut-être qu'une partie de ces histoires étaient réellement arrivées.

De plus, se passer des petits mots était bien plus drôle que prendre des notes.

— Je vais donc écrire, réaliser et filmer tout cela. Et j'ai déjà choisi mon ami Daniel Humphrey, de Riverside Prep, pour jouer le rôle du Prince Andréi, expliquait Vanessa. (Ses joues s'empourprèrent lorsqu'elle prononça le nom de Dan.) Mais je n'ai toujours pas trouvé ma Natasha pour la scène. Le casting aura lieu demain après les cours à Madison Square Park, à la tombée de la nuit. Quelqu'un est intéressé ? demanda-t-elle.

Sa question n'était qu'une petite plaisanterie pour initiés, *pour elle* en l'occurrence. Vanessa savait pertinemment que personne ne l'écoutait dans la salle. Elles étaient bien trop occupées à faire circuler des petits mots.

Le bras d'Olivia se leva.

— Je serai la réalisatrice ! lança-t-elle.

De toute évidence, elle n'avait pas entendu la question. Mais Olivia tenait tellement à impressionner le service des inscriptions de Yale qu'elle était toujours la première à se porter volontaire pour faire n'importe quoi.

Vanessa ouvrit la bouche pour parler. *Et ça, tu réalises ce que c'est* ? voulait-elle lui dire en lui faisant un bras d'honneur.

— Baissez la main, Olivia, fit M. Beckam dans un soupir las. Vanessa vient de nous dire *qu'elle* réalisait, écrivait et tournait le film. À moins que vous ne souhaitiez postuler pour le rôle de Natasha, je vous suggère de vous concentrer sur votre propre projet.

Olivia lui jeta un regard revêche. Elle détestait les professeurs comme M. Beckam. Il était extrêmement aigri car, débarquant du Nebraska, il avait concrétisé son triste rêve de vivre à New York City mais s'était retrouvé en train d'enseigner à une classe de nuls au lieu de réaliser lui-même des films dernier cri et de devenir célèbre.

— Peu importe, fit Olivia, en replaçant ses cheveux foncés derrière ses oreilles, j'imagine que je n'ai pas le temps, de toute façon.

Et c'était le cas.

Olivia était la présidente du Bureau des Services Sociaux et dirigeait le Club de Français ; elle donnait des cours particuliers de lecture aux élèves de cours élémentaire ; elle travaillait à la soupe populaire un soir par semaine, suivait des cours de préparation à l'examen d'entrée à l'université tous les mardis ; et les jeudis après-midi, elle prenait des cours de stylisme avec Oscar de La Renta. Le week-end, elle jouait au tennis pour garder son classement national. En plus de tout cela, elle faisait partie du comité de planification des manifestations sociales pour ceux qui daignaient y participer et son calendrier automne/hiver était *booké, booké, booké*. Son Palm-Pilot n'avait jamais assez de mémoire.

Vanessa ralluma les lumières d'un coup et retourna s'asseoir au premier rang.

— C'est bon, Olivia, j'ai besoin d'une blonde pour le rôle de Natasha, de toute façon, dit-elle.

Vanessa défroissa son uniforme sur ses cuisses et s'assit gracieusement, dans une imitation presque parfaite d'Olivia.

En regardant le crâne rasé et piquant de Vanessa, Olivia se fendit d'un sourire narquois et jeta un coup d'œil à M. Beckam qui s'éclaircit la gorge et se leva. Il avait faim et la cloche sonnerait dans cinq minutes.

— Eh bien, c'est tout, les filles. Vous pouvez partir un peu plus tôt aujourd'hui. Vanessa, pourquoi n'accrocheriez-vous pas dans le hall une fiche d'inscription pour votre casting demain ?

Les filles commencèrent à ranger leurs affaires et sortirent de la salle les unes derrière les autres. Vanessa arracha une feuille vierge de son cahier et y écrivit les informations nécessaires : *Guerre et Paix, Court métrage. Casting pour Natasha, mercredi soir, tombée du jour. Madison Square Park, banc du parc, angle nord-est.*

Elle résista au besoin irrépressible d'ajouter une description exacte de la fille qu'elle recherchait car elle ne voulait faire fuir personne. Mais elle avait une image claire et nette dans la tête, et trouver la fille de ses rêves ne serait pas évident.

Dans l'idéal, sa Natasha serait blonde et pâle, d'un blond sale et naturel. Elle ne serait pas d'une beauté trop flagrante mais aurait le genre de visage qui vous donnerait envie de le regarder. Elle serait le genre de fille qui ferait rayonner Dan – pleine de vie et de rires –, tout le contraire de l'énergie tranquille de Dan qui brûlait au plus profond de lui et faisait parfois trembler ses mains.

Vanessa jubilait. Rien que de penser à Dan lui donnait l'impression d'avoir envie de faire pipi. Sous ce crâne rasé et cet affreux col roulé noir, elle n'était qu'une fille.

Reconnaissons-le ; nous sommes toutes les mêmes.

un déjeuner d'affaires...

— Les invitations, les sacs cadeaux et le champagne. C'est tout ce qu'il nous reste à faire, lança Olivia. (Elle prit une tranche de concombre dans son assiette et la grignota pensivement.) Kate Spade doit terminer les sacs cadeaux, mais bon, je sais pas – à votre avis, Kate Spade, c'est pas trop ringard comme marque ?

— Non, Kate Spade c'est parfait, répondit Isabel en attachant ses cheveux au-dessus de sa tête. Enfin, imaginez comme ce sera cool d'avoir un sac à main noir ordinaire, à la place de tous ces imprimés animaux et de ces merdes militaires que tout le monde porte ! C'est de tellement... *mauvais goût*, vous ne trouvez pas ?

Olivia hocha la tête.

— Tout à fait, acquiesça-t-elle.

— Hé ! Et mon manteau en peau de léopard ? fit Kati, l'air blessé.

— Oui, mais c'est de la *vraie* peau de léopard, argumenta Olivia. Ce n'est pas la même chose.

Assises à la cafétéria de Constance, les trois filles discutaient de *Baiser sur les lèvres*, la soirée de charité qui permettrait de collecter des fonds au profit de la Fondation pour les faucons pèlerins de Central Park. Olivia était la présidente du comité chargé de l'organisation, naturellement.

— Ces pauvres oiseaux, soupira Olivia.

Comme si elle avait quelque chose à foutre de ces fichus oiseaux…

— Je tiens réellement à ce que cette soirée se passe bien, poursuivit-elle. Vous venez à la réunion, les filles, demain, hein ?

— Bien sûr que nous venons, répondit Isabel. Et Serena ? Tu lui as parlé de la soirée ? Est-ce qu'elle va nous aider ?

Olivia la fixa d'un air absent.

Kati fronça son petit nez mutin en trompette et donna un coup de coude à Isabel.

— Je parie que Serena est trop occupée, vous savez, avec ses deals en tout genre. Tous ses *problèmes*. Elle n'a probablement pas le temps de nous aider, de toute façon, dit-elle en les gratifiant d'un petit sourire narquois.

Olivia haussa les épaules. À l'autre bout de la cafétéria, Serena en personne venait tout juste de prendre la file d'attente. Elle remarqua aussitôt Olivia et lui fit un sourire, agitant joyeusement la main comme pour lui dire : « J'arrive dans une minute ! » Olivia cligna des yeux, feignant d'avoir oublié de mettre ses lentilles de contact.

Serena fit glisser son plateau sur le comptoir en métal et choisit un yaourt au citron, ignorant tous les plats chauds jusqu'à ce qu'elle arrive devant le distributeur d'eau chaude et se remplisse une tasse. Elle ajouta un sachet de thé Lipton, une tranche de citron et un paquet de sucre sur la sous-tasse. Puis elle emporta son plateau jusqu'au bar à salades, garnit son assiette de feuilles de romaine et d'un peu de sauce au bleu. Elle aurait préféré le croque-monsieur jambon-fromage de la Gare du Nord à Paris, avalé à la hâte avant de sauter dans le train pour Londres mais c'était presque aussi bon. C'était le même déjeuner que celui qu'elle avait pris à Constance chaque jour depuis la sixième. Olivia aussi prenait toujours la même chose. Elles l'appelaient le « plateau régime ».

Olivia observa Serena se servir de salade, redoutant le moment où, dans toute sa splendeur, elle viendrait s'asseoir à côté d'elle et recommencerait à essayer de rénover leur amitié. Pouah !

— Salut les filles ! lança Serena, tout sourire, en s'installant à côté d'Olivia. Comme au bon vieux temps, hein ?

Elle rit et retira le couvercle de son yaourt. Les poignets de la vieille chemise de son frère étaient râpés et des fils pendouillaient dans le petit-lait du yaourt.

— Bonjour, Serena, lancèrent Kati et Isabel en chœur.

Olivia leva les yeux sur Serena et retroussa les coins de ses lèvres brillantes. Ça ressemblait à un sourire.

Serena touilla son yaourt et désigna le plateau d'Olivia d'un signe de tête. Il restait des morceaux de bagel, du fromage à tartiner et des concombres étaient éparpillés un peu partout.

— J'ai l'impression que tu as laissé tomber le plateau régime, observa-t-elle.

— Possible, répondit Olivia.

Elle écrasa avec son pouce un morceau de fromage à tartiner sur sa serviette en papier et fixa, ahurie, la tenue débraillée de Serena. Sympa de porter les vieilles fringues de votre frère quand vous êtes en troisième et en seconde. Cool, dans ces classes-là. Mais en terminale ?? Ça faisait tout simplement… *crade*.

— Bon, mon emploi du temps craint vraiment, dit Serena en léchant sa cuillère. Je n'ai pas un seul cours avec vous, les filles.

— Hum, c'est parce que tu ne suis pas de CA, fit remarquer Kati.

— Tu as de la chance, soupira Isabel. J'ai tellement de travail que je n'ai même pas le temps de dormir.

— Au moins, j'aurai davantage de temps pour faire la fête, déclara Serena. (Elle donna un coup de coude à Olivia.) Qu'est-ce qu'il y a de prévu ce mois-ci, au fait ? Je me sens complètement exclue.

Olivia s'assit bien droite, attrapa sa tasse en plastique et constata qu'elle était vide. Elle savait qu'elle devrait parler à Serena de la soirée *Baiser sur les lèvres*, que celle-ci pourrait les aider à la préparer et que tout cela serait bien sympa. Mais, quelque part, elle n'arrivait pas à se résoudre à lui en parler. Serena se sentait exclue ? Très bien. Olivia ne tenait pas à ce que cela change.

— Il n'y a pas grand-chose en vue. Pas grand-chose de prévu d'ici Noël, mentit-elle en avertissant Kati et Isabel d'un regard.

— Vraiment ? rétorqua Serena, déçue. Bon. Et ce soir ? Vous voulez pas sortir, les filles ?

Olivia lança un coup d'œil rapide à ses amies. Elle était on ne peut plus partante pour sortir mais c'était mardi. Le maximum qu'elle faisait un mardi soir, c'était louer un film avec Nate. D'un seul coup, Olivia se sentit sérieusement vieille et rasoir. Comptez sur Serena pour vous donner l'impression d'être rasoir !

— J'ai un exam en CA de français, demain. Désolée, Serena, dit Olivia. (Elle se leva.) En fait, j'ai rendez-vous avec Mme Rogers dans deux minutes.

Serena fronça les sourcils et se mit à ronger l'ongle de son pouce, nouvelle habitude qu'elle avait prise au pensionnat.

— Eh bien, peut-être que je passerai un coup de fil à Nate. Il sortira avec moi, dit-elle.

Olivia attrapa son plateau et résista à l'envie de le balancer violemment au visage de Serena. *Touche pas à Nate !* avait-elle envie de hurler, en sautant sur la table, style ninja. *Hiyeeh-yah !*

— Je vous vois plus tard, les filles, lança-t-elle en s'en allant avec raideur.

Serena soupira et enleva d'une chiquenaude une feuille de laitue de son assiette. Olivia commençait à être extrêmement gonflante. Quand allaient-elles s'éclater à nouveau ? Elle regarda Kati et Isabel, pleine d'espoir, mais elles aussi étaient sur le départ.

— J'ai une réunion débile avec un conseiller pédagogique pour la fac, dit Kati.

— Et je dois monter en salle de dessin ranger ma peinture, ajouta Isabel.

— Avant que tout le monde la voie ? plaisanta Kati.

— Oh, la ferme ! rétorqua Isabel.

Elles se levèrent avec leurs plateaux.

— C'est bon que tu sois de retour, Serena, lança Kati de sa voix la plus hypocrite.

— Ouais, acquiesça Isabel. C'est vraiment bon.

Et elles s'en allèrent.

Serena tourna et retourna sa cuillère dans son pot de yaourt en se demandant ce qu'elles avaient toutes. Elles se comportaient si bizarrement. *Qu'est-ce que j'ai fait ?* se demanda-t-elle en rongeant l'ongle de son pouce.

Bonne question.

gossipgirl.net

thèmes ◄ précédent suivant ► envoyer une question répondre

Avertissement : tous les noms de lieux, personnes et événements ont été modifiés ou abrégés afin de protéger les innocents. En l'occurrence, moi.

salut à tous !

OÙ SONT LES GARÇONS ?

Merci à tous d'avoir écrit, même si pour la plupart vous n'aviez pas grand-chose à dire au sujet de ***S*** ou de ***O***. Vous vouliez juste en savoir plus sur les garçons.

Vos e-mails

Q: Chère gg,
D a l'air trop mignon. Pourquoi craque-t-il pour ***S*** ? C'est qu'une pétasse !
Bebe

R: Chère Bebe,
J'ai appris par hasard que ***D*** n'était pas aussi innocent que ça. Il a été impliqué dans une espèce de trafic de shit un peu spécial en colo d'été en quatrième.
GG

Q: Chère GG,
Que fait ***N*** à l'heure du déjeuner ? Je vais à l'école à côté de la sienne et je me demande si j'ai pu le croiser sans m'en rendre compte. Mince alors !
TimideGirl

OK, si tu tiens vraiment à le savoir, alors je vais te le dire.

St. Jude laisse sortir ses élèves de terminale à l'heure du déjeuner. Donc en ce moment, ***N*** est probablement en route pour cette petite pizzeria à l'angle de la 18e et de Madison. Chez Vino's ? Vinnie ? Peu importe. Quoi qu'il en soit, ils font d'excellentes pizzas et l'un des livreurs vend du très bon hasch. ***N*** est l'un de ses habitués. Comme un groupe de gosses de l'École traîne en général devant la pizzeria, ***N*** s'arrêtera pour flirter avec cette fille que j'appellerai ***Claire***, qui joue les timides et fait semblant de ne pas parler anglais, alors qu'en fait elle est vraiment nulle en français et c'est une grosse traînée. ***N*** a un petit gag mignon : il achète deux parts et en offre toujours une à ***Claire***. Elle la lui garde pendant qu'ils discutent et finit par manger un tout petit bout de sa pizza. Puis ***N*** lui sort : « J'arrive pas à y croire, tu manges ma pizza ! » puis il la lui arrache des mains, et dévore le tout en deux minutes. Ça fait rire ***Claire*** tellement fort que ses nichons ressortent presque de sa chemise. Les filles de l'École portent toutes des fringues hyper moulantes, des jupes courtes et de hauts talons. Elles sont, disons, les pouffiasses du système scolaire de l'Upper East Side. ***N*** aime flirter avec elles et, jusqu'à présent, ce n'est pas allé plus loin. Mais si ***O*** continue à se contenter de l'allumer, il risque de donner à ***Claire*** autre chose qu'un morceau de sa pizza. Mais cette fois, Claire l'a surpris quand elle lui a demandé s'il était au courant pour ***S***. ***Claire*** prétend avoir entendu dire que non seulement ***S*** est tombée enceinte l'an dernier mais qu'elle a accouché en France. Son bébé s'appelle ***Jules***, il est en pleine forme et vit à Marseille.

Quant à ***D***, il est une fois de plus assis devant la cour de Riverside Prep, à lire de la poésie en mangeant un sandwich au beurre de cacahuètes. Je sais que ça fait pathétique, mais ne vous inquiétez pas pour ***D***. Son heure viendra. Restez à l'écoute !

ON A VU

K rapporter un sac à main rose genre militaire chez **Barneys**. Personnellement, je trouvais que son sac était mignon. Mais quelqu'un a dû réussir à l'en dissuader.

Vous m'adorez, ne dites pas le contraire.

gossip girl

messages

« Salut, Nate, c'est Serena. Je t'appelais juste pour savoir ce que tu faisais de beau. Je m'étais dit qu'on pourrait peut-être sortir ce soir, mais tu sais quoi ? Je suis crevée. Il n'est que dix heures mais je crois que je vais me coucher. Je te vois ce week-end de toute façon, OK ? J'ai hâte. Je t'aime. Fais de beaux rêves. »

Serena raccrocha. Sa chambre était plongée dans un profond silence. Même la 5e Avenue était calme, à l'exception d'un taxi qui passait de temps à autre.

De son grand lit à baldaquin, elle pouvait voir la photo de sa famille dans un cadre argenté, prise en Grèce quand elle avait douze ans. Le capitaine du voilier qu'ils avaient loué avait pris le cliché. Ils étaient tous en maillot de bain et son frère Erik, quatorze ans à l'époque, déposait un gros baiser mouillé sur la joue de Serena tandis que leurs parents les regardaient en riant. Serena avait eu ses règles pour la première fois durant ce voyage. Elle avait été tellement gênée qu'elle n'avait pas osé en parler à ses parents mais comment faire, coincée sur ce bateau ? Ils avaient jeté l'ancre sur l'île de Rhodes et pendant que ses parents faisaient de la plongée et que Serena et Erik étaient censés prendre des cours de planche à voile, Erik avait gagné la côte à la nage, volé une Vespa et acheté des tampons maxi-absorbants. Il les avait rapportés dans un petit sac en plastique, noué au-dessus de sa tête. Son héros.

Serena avait jeté ses sous-vêtements complètement foutus par-dessus bord. Ils étaient encore probablement collés sur un récif, quelque part.

À présent, Erik était étudiant en première année à Brown et Serena n'avait jamais l'occasion de le voir. L'été dernier, il l'avait accompagnée en France mais ils avaient passé tout leur temps à draguer ou à se faire draguer et n'avaient donc pas vraiment eu l'occasion de discuter.

Serena décrocha de nouveau le téléphone et appuya sur la touche « numérotation rapide » de l'appartement de son frère en dehors du campus. Le téléphone sonna dans le vide jusqu'à ce qu'un système de messagerie vocale prenne le relais.

« Si vous voulez laisser un message à Dillon, tapez 1. Si vous voulez laisser un message à Tim, tapez 2. Si vous voulez laisser un message à Drew, tapez 3. Si vous voulez laisser un message à Erik, tapez 4. »

Serena appuya sur la touche 4, puis hésita. « Salut… C'est Serena. Désolée de ne pas t'avoir appelé plus tôt. Mais tu aurais pu m'appeler toi aussi, espèce d'enfoiré ! J'étais coincée à Ridgefield, à m'emmerder comme un rat mort jusqu'à ce week-end et me voilà de retour en ville. J'ai repris le lycée aujourd'hui. C'est assez bizarre. En fait, c'était vraiment chiant. Tout le monde est… Tout est… Je sais pas… C'est étrange. Enfin, bref, appelle-moi. Ton cul poilu me manque. Je t'enverrai un colis surprise plein de bonnes choses dès que possible. Je t'aime. Bye. »

la vie est fragile et absurde

— Tu déconnes à fond, Dan ! lança Jenny Humphrey à son frère.

Ils étaient assis à la table de la cuisine de leur grand cinq pièces de West End Avenue qui tombait en ruine, au dixième étage d'un immeuble. C'était un appartement ancien mais magnifique, avec de hauts plafonds de quatre mètres, des tas de fenêtres par lesquelles le soleil entrait à flots, d'immenses placards et de gigantesques baignoires à pieds. Cependant l'appartement n'avait pas été rénové depuis les années quarante. Les murs étaient infiltrés d'eau et tout fendus, et les planchers éraflés et ternes. De gros moutons de poussière datant de Mathusalem s'étaient accumulés comme de la mousse dans les coins et le long des plinthes. Une fois de temps en temps, Rufus Humphrey, le père de Jenny et de Dan, embauchait une entreprise de nettoyage pour récurer l'appartement de fond en comble, et leur énorme chat, Marx, s'occupait des cafards, mais la plupart du temps, leur appartement n'était qu'un grenier cosy et négligé. Le genre d'endroit dans lequel vous penseriez dénicher une flopée de trésors, telles des photographies anciennes, des chaussures d'époque ou un os remontant au dîner de Noël de l'année précédente.

Jenny grignotait un demi-pamplemousse et sirotait une tasse de thé à la menthe. Depuis qu'elle avait eu ses règles au printemps dernier, elle mangeait de moins en moins. Tout ce qu'elle avalait atterrissait sur ses seins de toute façon. Les habitudes alimentaires de sa petite sœur inquiétaient Dan mais Jenny avait plus de cran et d'énergie que jamais ; alors comment aurait-il pu la juger ? Par exemple, il ignorait que Jenny achetait presque tous les jours un pain grillé au beurre et aux pépites de chocolat dans une petite épicerie fine sur Broadway en allant à l'école.

Pas vraiment la stratégie idéale pour perdre de la poitrine.

Dan dévorait un beignet au chocolat de chez Entenmann – son deuxième – et buvait du café instantané aromatisé avec du Coffee-mate et quatre cuillerées de sucre. Il adorait le sucre et la caféine, probablement l'une des raisons pour lesquelles ses mains tremblaient. Dan n'était pas du genre à prendre soin de sa santé. Il aimait marcher sur le fil du rasoir.

Tout en mangeant, Dan lisait le script du court métrage de Vanessa Abrams, film dans lequel il était censé jouer. Il n'arrêtait pas de lire et de relire la même réplique, comme un mantra : *La vie est fragile et absurde.*

— Dis-moi que t'en as rien à faire que Serena van der Woodsen soit de retour ! le provoqua Jenny.

Elle fourra un morceau de pamplemousse dans sa bouche et le suçota. Puis elle introduisit ses doigts dans sa bouche, sortit le truc à la peau blanche et pulpeuse et le déposa sur son assiette.

— Si tu la voyais ! poursuivit-elle. Elle est si incroyablement cool. Comme si elle avait un tout nouveau look. Je ne parle pas de ses fringues ; c'est son visage. Elle fait plus vieille, mais pas comme si elle avait des rides ou rien de ce genre. Un peu comme si elle était Kate Moss ou un mannequin qui, disons, avait tout fait, tout vu, été partout et réapparaissait d'un coup. Elle fait *hyperexpérimentée.*

Jenny attendait que son frère lui réponde mais il se contentait de fixer sa tasse de café.

La vie est fragile et absurde.

— Tu ne veux même pas la voir ? insista Jenny.

Dan songea à ce qu'il avait entendu Chuck Bass raconter au sujet de Serena. Il n'avait pas voulu le croire mais si Serena avait l'air aussi expérimentée que le prétendait Jenny, peut-être que ce que Chuck avait dit était vrai. Peut-être que Serena était bel et bien la fille la plus salope, la plus droguée, la plus MSTisée de New York.

Dan haussa les épaules et montra du doigt les cadavres de pamplemousses qui s'entassaient sur l'assiette de Jenny.

— C'est n'importe quoi, lui lança-t-il. Tu ne peux pas manger une Pop-Tart ou autre chose, comme une personne normale ?

— Qu'est-ce que ça a de mal de manger du pamplemousse ? dit Jenny. C'est rafraîchissant.

— Te voir en manger comme ça n'est pas rafraîchissant par contre. C'est dégoûtant, répliqua Dan.

Il fourra le reste de son beignet dans sa bouche et lécha le chocolat sur ses doigts, veillant à ne pas tacher son script accidentellement.

— Alors ne me regarde pas, rétorqua Jenny. Quoi qu'il en soit, tu n'as pas répondu à ma question.

Dan leva les yeux.

— Quelle question ?

Jenny mit ses coudes sur la table et se pencha en avant.

— Sur Serena. Je sais que tu as envie de la voir.

Dan reposa les yeux sur son script et haussa les épaules.

— N'importe quoi ! répliqua-t-il.

— C'est ça, n'importe quoi, répéta Jenny en levant les yeux au ciel. Écoute, il y a cette soirée vendredi en huit. C'est une espèce de grosse soirée de charité hyper chic pour sauver les faucons pèlerins de Central Park. Tu savais qu'il y avait des faucons à Central Park ? Pas moi. Bref, c'est Olivia Waldorf qui l'organise et tu sais qu'elle et Serena sont les meilleures amies du monde, donc Serena sera forcément présente.

Dan continua à lire son script, ignorant royalement sa sœur. Et Jenny poursuivit, ignorant royalement que son frère l'ignorait.

— Bref, tout ce qu'on a à faire, c'est trouver le moyen de se faire inviter à cette soirée, reprit Jenny. (Elle attrapa une serviette en papier sur la table, en fit une balle et l'envoya à la tête de son frère.) Dan, s'il te plaît ! l'implora-t-elle. On doit y aller !

Dan repoussa le script et regarda sa sœur. Ses yeux noisette étaient tristes et sérieux.

— Jenny, dit-il, je ne veux pas aller à cette soirée. Vendredi prochain, je vais probablement passer la soirée chez Deke à jouer à la PlayStation et ensuite j'irai traîner à Brooklyn avec Vanessa, sa sœur et leurs amis. Comme tous les vendredis soir.

Jenny donna un coup aux pieds de sa chaise comme une petite fille.

— Mais pourquoi, Dan ? Pourquoi tu ne veux pas aller à cette soirée ?

Dan secoua la tête et la gratifia d'un sourire amer.

— Parce que nous n'avons pas été invités ? Parce que nous *ne serons pas* invités ? Laisse tomber, Jen. Je suis désolé mais c'est comme ça. Nous ne sommes pas comme eux, tu le sais. Nous ne vivons pas dans le même monde que Serena van der Woodsen, Olivia Waldorf ou aucun d'entre eux.

— Oh, t'es qu'une mauviette ! Tu me rends folle ! s'écria Jenny en roulant les yeux.

Elle se leva, jeta ses assiettes dans l'évier et les frotta avec acharnement à l'aide d'un tampon à récurer. Puis elle virevolta sur elle-même et mit ses mains sur les hanches. Elle portait une chemise de nuit de flanelle rose et ses cheveux châtains frisés étaient en pétard car elle était allée se coucher les cheveux mouillés. Elle avait l'air d'une mini-femme au foyer mal lunée, avec des seins dix fois trop gros pour son corps.

— Je me fiche de ce que tu dis. J'irai à cette soirée ! insista-t-elle.

— Quelle soirée ? demanda leur père en surgissant sur le pas de la porte de la cuisine.

S'il existait une récompense du père le plus embarrassant de l'univers, Rufus Humphrey l'aurait remportée haut la main. Il portait un marcel blanc taché de sueur, un boxer-short rouge à carreaux et se grattait l'entrejambe. Il ne s'était pas rasé depuis plusieurs jours et sa barbe grise semblait pousser de manière totalement anarchique. À certains endroits, elle était longue et épaisse, mais entre les deux, des morceaux de peau restaient imberbes, et d'autres, tout hirsutes et broussailleux. Ses cheveux gris frisés étaient emmêlés et ses yeux noisette, chassieux. Une cigarette était coincée derrière chacune de ses oreilles.

Jenny et Dan observèrent leur père un instant, en silence.

Puis Jenny soupira et retourna à sa vaisselle.

— C'est rien, dit-elle.

Un petit sourire narquois aux lèvres, Dan se cala dans sa chaise. Leur père détestait l'Upper East Side et tous ses artifices. S'il avait envoyé Jenny à Constance, c'était uniquement parce que c'était une excellente école et parce qu'il sortait avec l'une des professeurs d'anglais. Mais il ne supportait pas l'idée que Jenny pût être influencée par ses camarades de classe ou par ces « *débutantes* », pour reprendre son expression.

Dan sentait que cette nouvelle plairait à leur père.

— Jenny veut aller à une soirée de charité snob la semaine prochaine, lui dit-il.

M. Humphrey prit une cigarette derrière son oreille et la fourra dans sa bouche, jouant avec elle entre ses lèvres.

— Une soirée de charité au profit de quoi ? demanda-t-il.

Dan balança sa chaise d'avant en arrière, l'air extrêmement suffisant. Jenny se retourna et lui lança un regard furieux, le défiant de continuer.

— Écoute ça, poursuivit Dan. C'est une soirée de charité en vue de collecter des fonds pour ces faucons pèlerins qui vivent à Central Park. Ils vont probablement construire, je sais pas moi, des hôtels particuliers pour les oiseaux ou un truc du genre. Comme s'il n'y avait pas des milliers de SDF à qui cet argent pourrait être utile.

— Oh, la ferme ! lança Jenny, furieuse. Tu crois tout savoir. C'est juste une soirée à la con ! J'ai jamais dit que c'était une grande cause.

— Tu appelles ça une *cause* ? tonna son père. Tu n'as pas honte ? Si ces gens veulent protéger ces oiseaux, c'est uniquement parce qu'ils sont *beaux*. Parce qu'ils leur donnent l'impression d'être à la *campagne*, dans un coin *sympa*, dans leur résidence secondaire du *Connecticut* ou du *Maine*. Ils sont *décoratifs*. Laisse les rentiers s'occuper d'une œuvre de charité qui ne fait *aucun bien à personne* !

Jenny s'adossa au bar de cuisine, fixa le plafond et fit la sourde oreille. Elle avait déjà entendu ce discours auparavant. Ça ne changeait rien. Elle tenait malgré tout à aller à cette soirée.

— Je veux juste m'amuser, dit-elle, bornée. Pourquoi en faire tout un plat ?

— Parce que tu vas commencer à t'habituer à ces débilités de débutantes niaises et que tu vas devenir une grosse frimeuse comme ta mère qui passe son temps à traîner avec des gens riches parce qu'elle a trop peur de réfléchir par elle-même ! cria son père. (Son visage poilu devenait rouge vif.) Mince alors, Jenny ! Tu me fais penser à ta mère chaque jour un peu plus.

Dan se sentit brusquement très mal.

Leur mère était partie à Prague avec un comte ou un prince ou autre chose de ce genre et elle était quasiment devenue une femme entretenue, laissant le comte ou le prince ou l'autre chose de ce genre la vêtir et l'emmener dans des hôtels à travers toute l'Europe. Tout ce qu'elle faisait de ses journées, c'était du shopping, manger, boire et peindre des tableaux de fleurs. Elle leur écrivait des lettres et leur envoyait un cadeau de temps en temps. À Noël dernier, elle avait envoyé à Jenny une robe paysanne d'Allemagne. Elle était dix fois trop petite pour elle.

Ce n'était pas gentil de la part de son père de dire à Jenny qu'elle lui faisait penser à sa mère. Ce n'était pas gentil du tout.

Jenny semblait à deux doigts de se mettre à pleurer.

— Arrête, papa, dit Dan. Nous n'avons pas été invités à cette soirée de toute façon. Donc nous n'y serions pas allés, même si nous en avions eu envie.

— C'est bien ce que je disais ! s'exclama M. Humphrey, triomphant. Pourquoi voudriez-vous traîner avec ces snobs de toute façon ?

Jenny fixait le sol dégoûtant de la cuisine d'un air vague.

Dan se leva.

— Habille-toi vite, Jen, dit-il d'un ton doux. Je t'accompagne à ton arrêt de bus.

n reçoit une e-vitation

Dans l'intervalle de six minutes entre la première cloche signalant la fin du cours de latin et la deuxième annonçant le début du cours de gym, Nate se glissa furtivement dans la salle informatique de St. Jude, l'École de garçons. Tous les mercredis, Olivia et lui avaient pris l'habitude de s'envoyer un petit mot d'amour rapide par e-mail – d'accord, c'était l'idée d'Olivia – pour les aider à supporter la semaine gonflante de cours. Plus que deux jours avant le week-end, avant de passer autant de temps que possible ensemble.

Mais aujourd'hui, Nate ne pensait même pas à Olivia. Il voulait savoir comment allait Serena. Hier soir, elle lui avait laissé un message sur son répondeur pendant qu'il regardait jouer les Yankees avec ses potes. Sa voix lui avait paru triste, solitaire et très lointaine alors qu'elle n'habitait qu'à un pâté de maisons et demi de chez lui. Nate n'avait jamais senti Serena aussi mal. Et depuis quand Serena van der Woodsen se couchait-elle avec les poules ?

Nate s'assit devant l'un des P.C. ronflants. Il cliqua sur l'icône « Nouveau Message » et envoya son e-mail à l'ancienne adresse électronique de Serena à

Constance. Il ignorait si elle le consulterait ou non mais cela valait le coup d'essayer.

A : serenavdw@constancebillard.edu

De : narchibald@stjudes.edu

Salut ! Qu'est-ce que tu deviens ? J'ai eu ton message hier soir. Désolé, je n'étais pas là. Je te verrai vendredi quoi qu'il en soit, d'accord ? Affectueusement, Nate.

Puis il ouvrit ses e-mails. Surprise, surprise, il y en avait un d'Olivia. Ils ne s'étaient pas parlé depuis la fête de sa mère voilà deux soirs.

A : narchibald@stjudes.edu

De : oliviaw@constancebillard.edu

Cher Nate,

Tu me manques. La soirée de lundi était censée être exceptionnelle. Avant que nous ne soyons interrompus, j'avais l'intention de faire ce dont nous parlons depuis un moment. J'imagine que tu vois de quoi je parle. Le timing était mauvais, je suppose. Je voulais juste te dire que j'étais prête. Avant je n'étais pas prête mais maintenant, si. Ma mère et Cyrus ne seront pas là vendredi et j'aimerais vraiment que tu viennes dormir chez moi. Je t'aime. Appelle-moi.

Affectueusement,

Olivia.

Nate lut deux fois le message d'Olivia puis ferma le fichier pour ne plus avoir à le regarder. On n'était que mercredi. Était-ce possible qu'Olivia ne découvre pas la vérité sur Serena et lui d'ici vendredi, alors qu'elle voyait Serena tous les jours en cours, qu'elles étaient les meilleures amies du monde et qu'elles se disaient tout ? Les probabilités étaient nulles. Et Chuck Bass ? On ne pouvait pas dire qu'il savait garder des secrets.

Nate frotta vigoureusement ses beaux yeux verts. Peu importait comment Olivia découvrirait la vérité. D'une façon ou d'une autre, il était grillé. Il essaya de trouver un plan mais le seul qui lui vint à l'esprit fut d'attendre et de voir ce qui se passerait lorsqu'il verrait Olivia vendredi soir. Ça ne servait à rien de se prendre la tête d'ici là.

La porte de la salle informatique s'ouvrit et Jeremy Scott Tompkinson passa la tête par l'entrebâillement.

— Salut, Nathaniel, on sèche la gym. Tu viens jouer au foot avec nous au parc ?

La deuxième cloche sonna. Nate était de toute façon en retard au cours de gym et après la gym, c'était la pause déjeuner. Sécher lui semblait une excellente idée.

— Ouais, d'accord, répondit Nate. Attends une seconde. (Il cliqua sur l'e-mail d'Olivia, le fit glisser sur l'écran et le mit directement à la corbeille.) OK, dit-il en se levant. On y va.

Hummm, s'il l'aimait vraiment, il aurait probablement sauvegardé son e-mail ou y aurait au moins répondu, non ?

C'était une journée d'octobre ensoleillée à Central Park. À Sheep Meadow, des tas de gamins séchaient les cours, traînassaient dans l'herbe, fumaient ou jouaient au frisbee. Les arbres qui bordaient la pelouse resplendissaient de jaune, d'orange et de rouge et, au-delà des arbres, se dressaient indistinctement les vieux immeubles d'habitation somptueux de Central Park West. Un type vendait de l'herbe et Anthony Avuldsen lui en prit pour l'ajouter à la dose que Nate avait achetée hier midi à la pizzeria. Nate, Jeremy, Anthony et Charlie Dern se roulèrent un joint gigantesque tout en dribblant un ballon de foot sur la pelouse.

Charlie tira sur le joint avant de le passer à Jeremy. Nate lui lança la balle et Charlie trébucha dessus. Il mesurait un mètre quatre-vingt-deux et sa tête était trop grosse pour son corps. Tout le monde l'appelait Frankenstein. Grand blond athlétique par excellence, même défoncé, Anthony plongea pour attraper la balle, la jeta en l'air et l'envoya à Jeremy. Elle frappa de plein fouet le torse chétif de Jeremy qui la fit rouler par terre et la dribbla entre ses pieds.

— Merde, c'est fort ce truc ! s'exclama Jeremie en remontant son pantalon.

Il glissait constamment sur ses hanches osseuses même si sa ceinture était bien serrée.

— Ouais, c'est vrai, en convint Nate, je plane complètement !

Ses pieds le grattaient. Comme si l'herbe poussait à travers les semelles en caoutchouc de ses chaussures de sport.

Jeremie arrêta de dribbler.

— Hé, Nate, t'as revu Serena van der Woodsen ? lui demanda-t-il. J'ai entendu dire qu'elle était de retour.

Nate fixa la balle des yeux, regrettant de ne pas l'avoir en main pour pouvoir dribbler à travers champs et faire comme s'il n'avait pas entendu la question de Jeremy. Il sentait que les trois autres garçons le regardaient. Il ôta sa chaussure gauche pour se gratter la plante du pied. Qu'est-ce que ça le démangeait !

— Ouais, je l'ai vue lundi, dit-il nonchalamment, en sautillant d'un pied sur l'autre.

Charlie s'éclaircit la gorge et cracha dans l'herbe.

— À quoi elle ressemble ? demanda-t-il. J'ai entendu dire qu'elle a eu des tas de problèmes à l'Hanover Academy.

— Moi aussi, renchérit Antony en suçotant le filtre de leur pétard. Il paraît qu'elle s'est fait virer parce qu'elle a couché avec tout un groupe de mecs dans sa chambre. Sa copine de dortoir l'a balancée. (Il rit.) Comme si elle avait pas les moyens de se payer une chambre d'hôtel !

Charlie s'esclaffa :

— Il paraît qu'elle a un gosse. Je déconne pas ! Elle l'a eu en France et l'a laissé là-bas. Ses parents raquent pour qu'il soit élevé dans un couvent français chic. On se croirait dans un putain de film, les mecs !

Nate n'arrivait pas à croire ce qu'il entendait. Il jeta sa chaussure et s'assit dans l'herbe. Puis il enleva son autre chaussure et ses chaussettes. Il ne dit rien ; il resta assis à se gratter les pieds.

— Vous imaginez Serena avec tous ces mecs dans sa chambre ? « *Oui, bébé, plus fort, plus fort !* » (Jeremy s'affala dans l'herbe, frotta son ventre maigre et gloussa hystériquement.) Oh, les mecs !

— J'me demande si elle sait qui est le père, dit Antony.

— Il paraît qu'il y avait aussi un gros trafic de drogue là-bas, renchérit Charlie. Elle dealait et elle est devenue accro à sa drogue. Elle a passé l'été en désintoxication en Suisse. Après la naissance du bébé, j'imagine.

— Waouh, quelle merde ! s'exclama Jeremy.

— Y a bien eu quelque chose entre vous deux, non, Nate ? s'enquit Charlie.

— Où t'as entendu ça ? lui demanda Nate en fronçant les sourcils.

Charlie secoua la tête, tout sourire.

— Je sais pas, mec. Dans le coin. Où est le problème ? Elle est chaude !

— Ouais, bon, j'ai connu plus chaude, répliqua Nate qui le regretta immédiatement.

Qu'est-ce qu'il *racontait* ?

— Ouais, Olivia est chaude, elle aussi, je suppose, dit Charlie.

— Je parie qu'elle est super bonne au lit, ajouta Jeremie.

— Il est crevé rien que d'y penser ! fit Anthony en montrant Nate du doigt et en pouffant bêtement.

Nate rit et secoua la tête, essayant de chasser leurs paroles de son esprit. Il s'allongea dans l'herbe et fixa le ciel bleu sans nuage. S'il penchait la tête dans l'autre sens, il pourrait discerner les toits des appartements de grand standing qui bordaient la 5e Avenue, y compris celui de Serena et celui d'Olivia. Nate laissa retomber son menton pour ne plus voir que le ciel bleu. Il était trop raide pour penser à tout ça. Il ne prêta plus attention à ce que racontaient ses potes et essaya de s'éclaircir les idées, de se vider la tête pour qu'elle soit aussi limpide et bleue que le ciel.

Mais il ne parvint pas à chasser de son imagination les images d'Olivia et de Serena qui flottaient, nues, au-dessus de sa tête. « Tu m'adores, ne dis pas le contraire », disaient-elles. Nate sourit et ferma les yeux.

gossipgirl.net

thèmes ◀ précédent suivant ▶ envoyer une question répondre

Avertissement : tous les noms de lieux, personnes et événements ont été modifiés ou abrégés afin de protéger les innocents. En l'occurrence, moi.

salut à tous !

Je sais, ça ne fait pas longtemps. Mais je ne peux pas résister à l'envie d'écrire encore sur ***N***, mon nouveau sujet préféré. Il est tellement craquant, après tout ! Même si parfois, il n'a pas de couilles.

DÉFONCÉ À CENTRAL PARK

En fait, mon nouveau sujet préféré, ce sont les Waspoïdes[1], la version bon chic bon genre du défoncéoïde moyen ou du camé bon shit bon genre. Contrairement au défoncéoïde moyen, le Waspoïde n'est pas branché jeux d'arcades en ligne, ni skateboard ni bouffe végétarienne. Il a une coupe de cheveux craquante et une belle peau. Il sent bon, il porte les pulls de cachemire que lui achète sa petite copine, il a des notes correctes en classe et il est tout gentil avec sa maman. Il fait du bateau et joue au foot. Il sait faire un nœud de cravate. Il danse bien. Il est sexy ! Mais le Waspoïde ne s'investit jamais dans rien ni avec personne jusqu'au bout. Ce n'est pas un battant et il ne dit jamais ce qu'il a en tête. Il ne prend pas de risque, raison pour laquelle c'est tellement risqué de tomber amoureuse de lui.

1. Aux États-Unis, les Wasp sont les Anglo-Saxons blancs et protestants. *(N.d.T.)*

Vous avez probablement remarqué que je suis tout le contraire de lui ; je ne sais jamais quand je dois la fermer ! Et je crois sincèrement que les contraires s'attirent. Je dois avouer que je suis en train de devenir une groupie du Waspoïde.

Vos e-mails

Q: Chère Gossip Girl,
J'ai fait le rapprochement avec le ***N*** qui traînaille sur une couverture à Central Park. Du moins, je pense qu'il s'agit du même ***N***. Il a plein de taches de rousseur, non ? Est-ce qu'il sent la lotion solaire et l'herbe ?
blanketbaby

R: Chère blanketbaby,
hummmm. Ça se pourrait bien.
GG

ON A VU

O acheter des préservatifs à la pharmacie **Zitomer**. Des Lifetstyles extralongs super excitants ! Ce qui m'intrigue, c'est comment elle a deviné quelle taille acheter. J'imagine qu'ils ont tout fait *sauf* ça. Après, ***O*** s'est offert une petite gâterie – sans mauvais jeux de mots ! – à l'institut de beauté **J Sisters** : sa première épilation du maillot à la cire. Aïe ! Mais croyez-moi, ça vaut le coup. On a aussi surpris ***S*** à la poste envoyer un gros paquet. Des habits de bébé de chez **Barneys** pour son gosse français, peut-être ? Et ***I*** et ***K***, au **3 Guys Coffee Shop**, de nouveau en train de manger des frites et de boire du chocolat chaud. Elles venaient juste de rapporter ces jolies petites robes qu'elles avaient achetées chez Bendel's l'autre jour – zut alors, seraient-elles en train de prendre du poids ? – et discutaient de la tenue qu'elles pourraient bien mettre à la soirée *Baiser sur les lèvres*. Dommage pour elles, ce n'est pas une soirée en toge !

Vocabulaire

Puisque bon nombre d'entre vous me le demandent, je vais répondre à la grande question qui vous taraude tous depuis que vous avez appris que la prochaine soirée serait au profit des faucons pèlerins.

OK, selon l'édition intégrale de mon petit dictionnaire bien pratique :

<u>Faucon</u> : n, m. Tout oiseau de proie de la famille des *Falconidae*, notamment du genre *Falco*, généralement caractérisé par de longues ailes pointues, un bec crochu avec une encoche en forme de dent de chaque côté du bec supérieur et un vol rapide et agile, notamment sur les proies faciles ; certaines espèces de faucons sont en voie de disparition. <u>Faucon pèlerin</u> : faucon très répandu à travers le monde. *Falco perigrinus*, très utilisé dans la fauconnerie en raison de son agilité.

Je suis sûre que cette définition vous a tous mis sur le cul ! Mais j'essaie juste de vous mettre au parfum, c'est mon boulot !

À bientôt au parc !

Vous m'adorez, ne dites pas le contraire.

gossip girl

s essaie de s'améliorer

— Eh bien, c'est merveilleux que vous soyez de retour parmi nous, ma chère ! dit à Serena Mme Glos, la conseillère pédagogique de Constance.

Elle saisit ses lunettes sur la chaîne en or autour de son cou et les glissa sur son nez de façon à pouvoir étudier l'emploi du temps de Serena posé sur son bureau.

— Voyons voir à présent. Hummm. Oui, bien, marmonna-t-elle en relisant l'emploi du temps.

Serena était assise en face de Mme Glos, les jambes croisées, attendant patiemment. Aucun diplôme n'ornait les murs de son bureau, aucune preuve de la moindre habilitation, juste des photos de ses petits-enfants. Serena se demanda si Mme Glos avait jamais fréquenté l'université. Si elle devait vous donner des conseils sur le sujet, autant les expérimenter avant, non ?

Mme Glos s'éclaircit la gorge.

— Oui, bien, votre emploi du temps est parfaitement acceptable. Pas exceptionnel, remarquez, mais convenable. Je suppose que vous allez y remédier en pratiquant des activités parascolaires, non ?

Serena haussa les épaules. *Si boire du Pernod et*

danser nue sur la plage de Cannes sont des activités parascolaires… alors comptez sur moi !

— Pas vraiment, dit-elle. En fait, je ne suis inscrite à aucune activité en ce moment.

Mme Glos ôta ses lunettes. Ses narines devinrent rouge vif et Serena se demanda si elle allait se mettre à saigner du nez. Les saignements de nez de Mme Glos étaient légendaires. Sa peau était extrêmement pâle, tirant sur le jaune. Toutes les filles pensaient qu'elle souffrait d'une affreuse maladie contagieuse.

— Aucune activité extrascolaire ? Mais que faites-vous pour vous perfectionner ?

Serena gratifia Mme Glos d'un regard courtois mais ébahi.

Qui avait dit qu'elle avait besoin de *se perfectionner* ?

— Je vois. Bon. Nous allons bien devoir vous inscrire *quelque part*, non ? poursuivit Mme Glos. Je crains qu'aucune université ne s'intéresse un minimum à vous si vous ne pratiquez aucune activité.

Elle sortit un gros classeur d'un tiroir de son bureau et se mit à feuilleter des pages entières de prospectus imprimés sur du papier couleur.

— Voici quelque chose qui commence ce week-end : « Fleurs Feng-Shui, l'art de la conception florale ».

Elle posa les yeux sur Serena qui se renfrogna, l'air sceptique.

— Non, vous avez raison. Ça ne risque pas de vous faire rentrer à Harvard, n'est-ce pas ? reconnut Mme Glos en laissant échapper un petit rire.

Elle remonta les manches de son chemisier et feuilleta rapidement les pages du classeur en fronçant les sourcils.

Elle n'abandonnerait pas au bout d'une seule tentative. Elle faisait très bien son boulot.

Serena se rongea l'ongle du pouce. Elle n'avait pas réfléchi à cela : pour rentrer à l'université, elle devrait se surpasser. Et elle désirait plus que tout entrer à la fac. Dans une bonne fac. Ses parents espéraient même qu'elle entre dans l'une des meilleures. Non pas qu'ils lui mettaient la pression – mais cela tombait sous le sens. Et plus Serena y réfléchissait, plus elle s'apercevait que *rien* ne jouait en sa faveur. Elle s'était fait virer du pensionnat, ses notes avaient dégringolé, elle n'avait aucune idée de ce qui se passait dans aucun de ses cours et n'avait aucun hobby ou activités extrascolaires cool. Les notes qu'elle avait obtenues à ses examens d'entrée à l'université ne cassaient pas des briques parce que son esprit vagabondait sans cesse pendant ces tests débiles qui consistaient à cocher des cases. Et lorsqu'elle les repasserait, ça serait encore pire. En gros, elle était hyper mal barrée.

— Et le théâtre ? Vous avez de bonnes notes en anglais, vous devez aimer le théâtre, suggéra Mme Glos. Ils répètent cette pièce depuis à peine une semaine. Le Club de Théâtre de l'Interschool joue une version moderne d'*Autant en emporte le vent*. (Elle leva de nouveau les yeux.) Qu'en dites-vous ?

Serena secoua légèrement son pied et mâchouilla son petit doigt. Elle tenta de s'imaginer seule sur scène dans la peau de Scarlett O'Hara. Elle devrait pleurer sur commande, faire semblant de s'évanouir, et porter d'immenses robes avec des corsets et des jupons avec des cerceaux. Voire une perruque.

Je n'aurai plus jamais faim ! annoncerait-elle d'un

ton dramatique, de sa plus belle voix de beauté sudiste. Ça pourrait être vachement sympa.

Serena prit le prospectus des mains de Mme Glos, veillant bien à ne pas toucher le papier à l'endroit où celle-ci l'avait touché.

— Bien sûr, pourquoi pas ? dit-elle. Ça m'a l'air sympa.

Quand Serena sortit du bureau de Mme Glos, le dernier cours de la journée touchait à sa fin. La répétition d'*Autant en emporte le vent* se déroulait à l'auditorium mais ne commençait pas avant dix-huit heures afin que les élèves qui faisaient du sport juste après les cours puissent aussi jouer dans la pièce. Serena gravit l'imposant escalier central de Constance jusqu'au quatrième étage pour aller chercher son manteau dans son casier, et voir si personne ne voulait traîner avec elle jusqu'à six heures. Autour d'elle, les filles couraient dans tous les sens, dans un brouhaha confus d'énergie de fin de journée, s'empressant de se rendre à leur réunion, entraînement, répétition ou club. Par pure habitude, elles s'arrêtèrent une demi-seconde pour dire bonjour à Serena car, aussi loin qu'elles s'en souvenaient, *ça se faisait* d'être vue en train de parler à Serena van der Woodsen.

— Salut, Serena ! fit Laura Salmon d'une voix perçante avant de dévaler l'escalier quatre à quatre pour rejoindre la chorale dans la salle de musique au rez-de-chaussée.

— À plus, Serena ! lança Rain Hoffstetter en se faufilant devant elle en short de gym, direction l'entraînement de foot.

— À demain, Serena, dit Lily Reed d'un ton doux

en rougissant car elle avait mis sa culotte de cheval et cela avait le don de la gêner.

— Bye, dit Carmen Fortier, mâchouillant du chewing-gum, en jean et veste de cuir.

Elle était l'une des rares élèves boursières de première et habitait dans le Bronx. Elle prétendait qu'elle ne pouvait pas porter son uniforme pour rentrer chez elle au risque de se faire tabasser. Carmen se rendait au Club de l'Art de la Création Florale bien qu'elle mentît toujours à ses copains de quartier, racontant qu'elle s'était inscrite au cours de karaté.

D'un seul coup, le hall se vida. Serena ouvrit son casier, décrocha son Burberry et l'enfila. Puis elle le referma bruyamment, descendit l'escalier quatre à quatre, sortit de l'école et tourna à gauche sur la 93e Rue, direction Central Park.

Elle avait une boîte de Tic Tac orange dans sa poche ; il n'en restait qu'un seul. Serena le prit, le déposa sur sa langue mais elle s'inquiétait tellement de son avenir qu'elle l'apprécia à peine.

Elle traversa la 5e Avenue et arpenta le trottoir qui longeait le parc. Des feuilles recouvraient la chaussée. En bas de la rue, deux petites filles du Sacré-Cœur dans leurs mignonnes petites robes chasubles à carreaux rouges et blancs promenaient un énorme rottweiler noir. Serena envisagea d'entrer dans le parc par la 89e Rue et de s'asseoir un instant pour tuer le temps avant la répétition. Mais seule ? Que ferait-elle ? Mater les gens ? Elle avait toujours été *celle que l'on matait*.

Elle décida donc de rentrer chez elle.

Chez elle, au 994, 5e Avenue. C'était un immeuble luxueux et cossu, situé à côté de l'Hôtel Stanhope et juste en face de la rue du Metropolitan Museum of Art. Les van der Woodsen étaient propriétaires de la moitié du dernier étage. Leur appartement comportait quatorze pièces, dont cinq chambres avec salle de bains privée, un appartement pour la bonne, un séjour de la taille d'une salle de bal et deux salons hyper cool avec des petits bars à eau et d'immenses meubles audio-vidéo.

Lorsque Serena rentra chez elle, son gigantesque appartement était vide. Ses parents étaient rarement là. Son père dirigeait la compagnie de navigation hollandaise que son arrière-arrière-grand-père avait fondée en 1700. Ses parents faisaient tous les deux partie des plus grandes œuvres de charité et associations artistiques de la ville et devaient constamment assister à des réunions, des déjeuners ou des soirées de charité. Deidre, la bonne, était sortie faire des courses mais l'appartement était impeccable et des vases de fleurs fraîchement coupées trônaient dans toutes les pièces, y compris les salles de bains.

Serena ouvrit doucement la porte du plus petit des salons et s'affala sur son fauteuil en velours bleu préféré. Elle attrapa la télécommande et appuya sur des touches pour ouvrir le meuble-télé puis alluma l'écran plat. Elle zappa, impatiente, incapable de se concentrer sur ce qu'elle voyait jusqu'à ce qu'elle finît par se décider pour la chaîne *TRL* même si, à son sens, Carson Daly[1] était l'homme le plus chiant de la Terre. Elle n'avait pas beaucoup regardé la télé ces derniers temps. Au pensionnat, ses camarades de

1. Animateur vedette de MTV TRL, Carson Daly présente depuis 2002 le talk-show *Last Call with Carson Daly. (N.d.T.)*

dortoir se préparaient du pop-corn et du chocolat chaud et se plantaient devant Saturday Night Live[1] ou Jackass[2] en pyjama. Mais Serena préférait s'esquiver en douce pour boire du schnaps à la pêche et fumer le cigare avec les garçons dans la chapelle au rez-de-chaussée.

Or, ce qui l'embêtait le plus en ce moment même, ce n'était pas Carson Daly ni même le fait d'être seule chez elle sans rien avoir à faire, mais l'idée qu'elle pût passer le reste de sa vie à faire ce genre de choses – regarder la télé toute seule dans l'appartement de ses parents – si elle ne se ressaisissait pas pour entrer à l'université. Pourquoi était-elle aussi nulle ? Tous les autres avaient su se démerder, visiblement. Avait-elle loupé le discours capital : « il est temps de vous démerder » ? Pourquoi personne ne l'avait mise en garde ?

Bien, ça ne servait à rien de flipper. Elle avait encore le temps. Et elle pourrait toujours s'éclater. Elle n'était pas obligée de devenir une nonne uniquement parce qu'elle s'inscrirait au Club de Théâtre de l'Interschool ou quoi que ce soit.

Serena éteignit la télé et alla flâner dans la cuisine. La cuisine des van der Woodsen était gigantesque.

1. Émission de divertissements phare de la chaîne NBC, « institution » depuis 1975, récompensée par dix-huit Emmy Awards et ayant lancé de nombreux artistes. *(N.d.T.)*

2. Émission « loufoque » de MTV, considérée par certains comme la plus trash de la T.V. américaine, où John Knoxville et ses compères enchaînent des gags de potaches (les *jackasseries*) – faire du surf tout nu, plonger dans une piscine pleine de fiente d'éléphant, faire des cascades en skate, etc. *(N.d.T.)*

Des meubles en verre recouvraient les murs au-dessus de plans de travail en chrome, impeccables et étincelants. Il y avait deux fours de restaurant et trois réfrigérateurs Sub-Zero. Une énorme table de boucher trônait au milieu de la cuisine, sur laquelle s'entassait le courrier de la journée.

Serena prit le courrier et le parcourut rapidement. C'étaient essentiellement des invitations pour ses parents – des enveloppes carrées blanches ornées d'une typographie démodée – à des bals, des dîners de charité, des soirées de charité et des ventes aux enchères. Puis des invitations à des vernissages – des cartes postales avec la photo de l'œuvre de l'artiste au recto et les informations sur le vernissage au verso.

L'un de ces cartons attira le regard de Serena. Il avait visiblement traîné dans la pile de courrier pendant un moment car il était tout chiffonné et le vernissage en question commençait à seize heures, ce mercredi, ce qui était… *en ce moment même*. Serena retourna rapidement l'invitation et regarda l'œuvre de l'artiste. C'était la photo d'un œil en gros plan en noir et blanc, avec une touche de rose. L'œuvre était intitulée *Kate Moss*. Et le nom de l'exposition : « En coulisse. » Serena regarda très attentivement la photo. Elle avait quelque chose d'innocent et de sublime, tout en étant quelque peu vulgaire. Peut-être n'était-ce pas un œil ? Elle ne savait pas très bien ce dont il s'agissait. En tout cas, c'était vraiment cool. Pas de doute, Serena savait comment tuer les deux heures à venir.

Elle fila dans sa chambre, ôta son uniforme marron à la va-vite et enfila son pantalon préféré en cuir noir. Puis elle attrapa son manteau et appela l'ascenseur.

Quelques minutes plus tard, elle descendait d'un taxi devant la Whitehot Gallery, dans le centre de Chelsea.

Dès qu'elle entra, Serena prit un martini-gin et signa la liste des invités. La galerie était bondée, bourrée de jeunes branchés d'une vingtaine d'années, habillés cool, sirotant des martinis et admirant les photos accrochées aux murs. Chaque cliché était similaire à celui qui figurait sur le carton d'invitation : un œil en gros plan, en noir et blanc, dans des formes, des tailles et des nuances différentes. Chacun portait une étiquette avec le nom d'une célébrité : Kate Moss, Kate Hudson, Joaquin Phoenix, Jude Law, Gisele Bundchen, Cher, Eminem, Christina Aguilera, Madonna, Elton John.

Des haut-parleurs invisibles crachaient de la pop music française. Les artistes-photographes en personne, les frères Remi, vrais jumeaux d'un mannequin français et d'un duc anglais, étaient interviewés et photographiés pour *Art Forum*, *Vogue*, *W*, *Harper's Bazaar* et le *New York Times*.

Serena étudia attentivement chaque photo. Ce n'étaient pas des yeux, décida-t-elle, maintenant qu'elle les voyait en grand format. Mais qu'était-ce donc ? Des nombrils ?

D'un seul coup, Serena sentit un bras autour de sa taille.

— Bonjour, *ma chérie*[1]. Jolie fille. Comment t'appelles-tu ?

C'était l'un des frères Remi. Il avait vingt-six ans et mesurait un mètre soixante-quinze, la même taille

1. En français dans le texte. *(N.d.T.)*

que Serena. Il avait des cheveux noirs bouclés et des yeux bleus brillants. Il parlait avec un accent français et britannique. Il était vêtu de bleu marine de la tête aux pieds et ses lèvres carmin étaient retroussées aux coins, comme la bouche d'un renard. Il était d'une beauté renversante, son frère jumeau aussi.

Sacrée veinarde, Serena !

Serena n'opposa aucune résistance lorsqu'il lui demanda de poser avec son frère et lui pour la photo du supplément du dimanche du *New York Times.* L'un se mit derrière Serena et l'embrassa dans le cou tandis que l'autre s'agenouilla devant elle et étreignit ses genoux. Autour d'eux, les invités les regardaient d'un air envieux, impatients d'apercevoir la nouvelle fille en vogue.

Tout le monde à New York désirait être célèbre. Ou, tout au moins, voir quelqu'un qui l'était pour pouvoir s'en vanter par la suite.

Le journaliste « people » du *New York Times* reconnut Serena pour l'avoir croisée dans des soirées un an plus tôt mais il préférait s'assurer que c'était bien elle.

— Serena van der Woodsen, n'est-ce pas ? fit-il en levant les yeux de son bloc-notes.

Serena rougit et hocha la tête. Elle avait l'habitude qu'on la reconnaisse.

— Tu *dois* poser pour nous ! souffla l'un des frères Remi en baisant la main de Serena.

— Sans faute, acquiesça son jumeau en lui fourrant une olive dans la bouche.

Serena rit.

— Bien sûr, dit-elle. Pourquoi pas ?

Bien qu'elle n'eût aucune idée de ce dans quoi elle s'embarquait.

L'un des frères Remi lui montra du doigt une porte portant l'inscription « Privé » à l'autre bout de la galerie.

— On te retrouve là-bas, dit-il. Ne t'inquiète pas. On est gays tous les deux.

Serena gloussa et but une bonne gorgée de son martini. Plaisantaient-ils ?

L'autre frère lui tapota les fesses.

— Tout va bien, ma chérie. Tu es absolument divine et tu n'as aucun souci à te faire. Vas-y. On arrive dans une minute.

Serena hésita mais seulement l'espace d'une seconde. Elle pourrait suivre le chemin de stars comme Christina Aguilera et Joaquin Phoenix. Pas de problème. La tête haute, elle se dirigea vers la porte où était inscrit « Privé ».

Juste alors, un type de la Public Arts League et une femme de la Transit Authority de New York vinrent présenter aux frères Remi un nouveau programme avant-gardiste d'art public. Ils avaient l'intention d'afficher une photo des frères Rémi sur les bus, dans le métro et sur les petites boîtes publicitaires sur les toits des taxis dans toute la ville.

— Oui, bien sûr, acceptèrent les artistes. Si vous attendez un peu, nous aurons une toute nouvelle photo. En exclusivité, rien que pour vous !

— Comment s'appelle-t-elle ? demanda la femme de la Transit Authority, impatiente.

— *Serena*, répondirent les frères Remi à l'unisson.

quand la conscience sociale s'amalgame à la dévotion

— J'ai trouvé un imprimeur qui s'occupera des invitations d'ici demain après-midi et nous les livrera avant vendredi matin, annonça Isabel, contente d'elle-même et de son efficacité.

— Mais imagine combien ça va nous coûter ! Si on fait appel à lui, on devra se serrer la ceinture sur d'autres choses. Tu sais combien Takashimaya nous prendra pour les fleurs ?

Après leurs activités extrascolaires du mercredi, les filles du comité d'organisation de *Baiser sur les lèvres* s'étaient réunies devant des frites et du chocolat chaud dans une petite alcôve du 3 Guys Coffee Shop. Olivia, Isabel, Kati et Tina Ford, de Seaton Arms School s'attelaient aux préparatifs de dernière minute de la soirée.

La crise du jour portait sur le fait que la soirée avait lieu dans neuf jours seulement et que personne n'avait encore reçu d'invitation. Voilà des semaines que les invitations avaient été commandées mais, en raison d'une petite embrouille, le lieu de la soirée avait été modifié. Elle ne se tiendrait plus au Park – un nouveau restaurant branché du lower Chelsea, mais dans l'ancien magasin Barneys, à l'angle de la 17e Rue et de la 70e Avenue : de fait, les invitations ne servaient plus à rien. Les filles étaient dans le pétrin. Elles devraient faire de nouvelles invitations, et vite, sinon il n'y aurait plus de soirée du tout.

— Mais Takashimaya est le *seul* endroit où on peut acheter des fleurs. Et ça ne coûte vraiment pas cher. Oh, allez Olivia, dis-toi que leurs fleurs seront super cool ! pleurnicha Tina.

— Si, ça va coûter cher, insista Olivia. Et il y a plein d'autres fleuristes.

— Et si on demandait aux gens de l'association pour les faucons pèlerins de s'y coller ? suggéra Isabel. (Elle prit une frite, la trempa dans le ketchup et la fourra dans sa bouche.) Ils n'ont pratiquement rien foutu.

Olivia leva les yeux au ciel et souffla sur son chocolat chaud.

— C'est tout le problème. *Nous* réunissons de l'argent pour *eux*. C'est une *grande cause*.

Kati enroula un cheveu blond frisé autour de son doigt.

— Qu'est-ce qu'un faucon pèlerin, au fait ? C'est comme un pic-vert ? s'enquit-elle.

— Non, je crois qu'ils sont plus gros, dit Tina. Et ils mangent d'autres animaux, tu sais. Genre les lapins, les souris, tout ça, quoi.

— C'est dégueulasse ! s'exclama Kati.

— J'ai lu une définition de ce que c'était l'autre jour, fit Isabel d'un ton songeur. Je ne me rappelle pas où je l'ai vue.

Sur Gossipgirl.net, peut-être ?

— Ils sont quasiment en voie d'extinction, ajouta Olivia.

Elle consulta rapidement la liste des invités à la soirée : trois cent seize personnes au total. Que des jeunes – pas de parents, Dieu merci !

Le regard d'Olivia fut automatiquement attiré par un nom vers la fin de la liste. Serena van der Woodsen. L'adresse était celle de sa chambre à l'Hanover Academy dans le New Hampshire. Olivia reposa la liste sur la table sans même prendre la peine de la corriger.

— Nous devrons dépenser plus d'argent que prévu pour l'imprimeur et faire des économies là où on pourra, dit-elle rapidement. Je peux demander à Takashimaya de mettre des lis à la place des orchidées et de laisser tomber l'idée des plumes de paon sur les bords des vases.

— Je peux m'occuper des invitations, fit une petite voix claire derrière elles. Gratuitement.

Les quatre filles se retournèrent pour voir qui c'était.

Oh, regardez, c'est ce petit Génie, songea Olivia. *L'élève de troisième qui a fait la calligraphie de nos livres de cantiques.*

— Je peux toutes les faire à la main ce soir et les mettre au courrier. Le matériau sera la seule dépense mais je sais où trouver du papier de bonne qualité et pour pas cher, ajouta Jenny Humphrey.

— Elle a fait tous nos livres de cantiques à l'école, murmura Kati à Tina. Ils sont vachement beaux.

— Ouais, acquiesça Isabel. Ils sont super cool.

Jenny rougit et fixa le sol de linoléum brillant du café, attendant la décision d'Olivia. Elle savait que c'était d'Olivia que tout dépendait.

— Et tu feras tout ça gratuitement ? demanda Olivia, suspicieuse.

Jenny leva les yeux.

— J'espérais un peu que si je faisais les invites, je pourrais peut-être venir à la soirée ? dit-elle.

Dans sa tête, Olivia pesa les pour et les contre. Pour : les invitations seraient uniques et, surtout, gratuites, comme ça elles n'auraient pas à lésiner sur les fleurs. Contre : il n'y en avait pas vraiment.

Olivia dévisagea le petit Génie de la tête aux pieds. Leur mignonne petite sauveuse de troisième à l'énorme poitrine. Elle cherchait des complications et ne serait absolument pas à sa place à cette soirée, mais qu'est-ce que ça pouvait faire ?

— Bien sûr, tu peux te faire une invitation, dit Olivia. Fais-en une aussi pour l'un de tes amis, ajouta-t-elle en tendant la liste des invités à Jenny.

Quelle générosité !

Olivia lui fournit toutes les informations nécessaires et Jenny sortit du café à toute allure, à bout de souffle. Les magasins n'allaient pas tarder à fermer et elle n'avait pas beaucoup de temps. La liste des invités était plus longue qu'elle ne l'avait cru et elle devrait veiller toute la nuit pour boucler les invitations. Mais elle irait à cette soirée ; c'était tout ce qui comptait.

Attendez qu'elle en parle à Dan. Ça lui en boucherait un coin ! Et il l'accompagnerait à cette fête, qu'il le veuille ou non.

autant en emporte le vent... à vau-l'eau

Deux martinis et trois rouleaux de pellicule plus tard, Serena sauta d'un taxi devant Constance et grimpa quatre à quatre l'escalier de l'établissement, direction l'auditorium où la répétition de la pièce de l'Interschool avait déjà commencé. Comme d'habitude, elle avait une demi-heure de retard.

Le morceau des Talking Heads, joué lestement au piano, résonnait dans le couloir. Serena ouvrit la porte de l'auditorium à la volée et retrouva son vieil ami Ralph Bottoms III en train de chanter *Burning Down the South*, sur l'air de *Burning Down the House*, sérieux comme un pape. Il était habillé en Rhett Butler avec une fausse moustache et des boutons de cuivre. Ralph avait pris du poids en deux ans et son visage était rougeaud comme s'il avait trop consommé de steak saignant. Il tenait la main d'une fille trapue aux cheveux châtain bouclés et au visage en forme de cœur – Scarlett O'Hara. Elle chantait elle aussi, entonnant les paroles à tue-tête, avec un accent de Brooklyn très prononcé.

Serena s'appuya au mur pour les regarder, dans un mélange d'horreur et de fascination. Si la scène de la galerie d'art ne l'avait pas du tout déconcertée, ce… spectacle… la… faisait méchamment flipper.

Lorsque la chanson fut terminée, les autres élèves du Club de Théâtre de l'Interschool applaudirent à tout rompre et les acclamèrent, puis le professeur de théâtre, une Anglaise d'âge mûr, leur donna des instructions pour la scène suivante.

— Mets tes mains sur les hanches, Scarlett ! lui ordonna-t-elle. Montre-moi, montre-moi ! Bien. Comme ça ! Imagine que tu es l'adolescente qui fait fureur pendant la guerre de Sécession des États sudistes. Tu brises toutes les règles !

Serena regarda par la fenêtre et aperçut trois filles descendre d'un taxi au coin de la 93e et de Madison. Elle plissa les yeux et reconnut Olivia, Kati et Isabel. Serena se ressaisit, chassant la sensation étrange qui la poursuivait depuis son retour en ville. Pour la toute première fois de sa vie, elle se sentait exclue.

Sans dire un mot à personne – ni bonjour ni bonsoir –, Serena s'esquiva discrètement de l'auditorium et sortit dans le couloir. Le mur était recouvert de prospectus et d'annonces ; elle s'arrêta pour les lire. L'un d'entre eux concernait l'audition pour le film de Vanessa Abrams.

Connaissant Vanessa, le film risquait d'être extrêmement sérieux et hermétique mais c'était mieux que de hurler des chansons niaises en faisant la ronde avec ce gros rougeaud de Ralph Bottoms III. L'audition de Vanessa avait commencé depuis une heure, sur un banc de Madison Square Park, mais peut-être n'était-elle pas encore terminée. Une fois de plus, Serena sauta dans un taxi, direction le centre-ville.

— Voilà ce que j'attends de toi, disait Vanessa à Marjorie Jaffe, une élève de seconde de Constance.

Elle était la seule à s'être présentée à l'audition pour le rôle de Natasha dans le film de Vanessa. Marjorie avait des cheveux roux frisés et des taches de rousseur, un petit nez retroussé et pas de cou. Elle mâchait incessamment du chewing-gum et ne convenait pas du tout au rôle. Un cauchemar.

Le soleil se couchait et une jolie lueur rose scintillait sur Madison Square Park. L'odeur caractéristique de New York à l'automne flottait dans l'air, un mélange de fumées de cheminées, de feuilles séchées, de hot dogs fumants, de pisse de chien et de gaz d'échappement des bus.

Daniel était allongé sur le dos sur le banc du parc comme Vanessa le lui avait demandé, dans le rôle d'un soldat blessé, les jambes tragiquement écartées. Blessé en amour et à la guerre, il était tout décoiffé et d'une pâleur et d'une maigreur à faire peur. Une petite pipe à crack en verre reposait sur sa poitrine. Vanessa avait eu la chance de la trouver dans la rue à Williamsburg ce week-end. Il fallait au moins ça pour réconforter son prince sensuellement blessé.

— Je vais lire les répliques de Natasha. Regarde bien, dit-elle à Marjorie. OK, Dan, on y va !

— T'es-tu endormi ? demanda Vanessa-Natasha à Dan-le Prince Andréi en le regardant attentivement.

— Non, je te regarde depuis si longtemps. Je savais instinctivement que tu étais là. Il n'y a que toi pour me faire ressentir cette douce sérénité… cette lumière ! Je sens que je vais pleurer de pure joie, récita tranquillement Dan-le Prince Andréi.

Vanessa s'agenouilla auprès de sa tête, le visage rayonnant d'un délice teinté de solennité.

— Natasha, je t'aime si fort ! Plus que tout au monde ! souffla Daniel, essayant de s'asseoir puis retombant sur le banc, comme s'il souffrait.

Il a dit qu'il l'aimait ! Vanessa lui prit la main, son visage s'empourprant d'émotion. Elle était complètement prise dans l'ardeur du moment. Puis elle se ressaisit, lui lâcha la main et se releva.

— Maintenant à ton tour, dit-elle à Marjorie.

— 'ccord, fit Marjorie, mâchouillant son chewing-gum la bouche ouverte.

Elle ôta l'élastique de ses cheveux roux et rêches et les fit bouffer. Enfin elle s'agenouilla à côté de Dan et prit le script.

— Prêt ? lui demanda-t-elle.

Daniel hocha la tête.

— T'es-tu endormi ? fit Marjorie en battant des cils en flirtant et en faisant claquer son chewing-gum.

Dan ferma les yeux et récita son texte. Il pourrait s'en sortir et aller jusqu'au bout tant qu'il n'ouvrait pas les yeux.

En plein milieu de la scène, Marjorie décida de prendre un faux accent russe. C'était incroyablement mauvais.

Vanessa souffrait en silence, se demandant ce qu'elle ferait sans sa Natasha. L'espace d'un instant, elle s'imagina aller acheter une perruque, jouer elle-même le rôle et prendre quelqu'un d'autre pour filmer à sa place. Mais c'était son projet, c'était à elle de tourner.

Juste à ce moment-là, quelqu'un lui donna un petit coup de coude et murmura :

— Ça te dérange si j'essaie quand elle aura terminé ?

Vanessa se retourna et se retrouva nez à nez avec Serena van der Woodsen, à bout de souffle pour avoir traversé le parc en courant. Ses joues étaient rouges et ses yeux, aussi obscurs que le ciel crépusculaire. Si quelqu'un devait être sa Natasha, c'était Serena.

Daniel se redressa d'un coup, oubliant ses blessures et sa réplique. La pipe à crack roula par terre.

— Attends, nous n'avons pas terminé, dit Marjorie. (Elle poussa doucement le bras de Dan.) Tu es censé me baiser la main !

Dan la fixa, ébahi.

— Bien sûr, Serena, acquiesça Vanessa. Marjorie, pourrais-tu lui donner ton script ?

Serena et Marjorie changèrent de place. Dan avait à présent les yeux grands ouverts. Il n'osait pas ciller.

Ils se mirent à lire.

— Je te regarde depuis si longtemps, dit Dan, en en pensant chaque mot.

Serena s'agenouilla à côté de lui et lui prit la main. Dan était à deux doigts de tomber dans les pommes ; heureusement qu'il était allongé !

Whaou ! Chochotte !

Il avait joué dans une multitude de pièces mais n'avait jusqu'alors jamais ressenti ce que l'on appelait « alchimie » avec personne. Et la ressentir avec Serena van der Woodsen équivalait à mourir d'une mort exquise. Comme si Serena et lui partageaient le même souffle. Il inhalait et elle exhalait. Il était calme et tranquillité tandis qu'elle explosait autour de lui comme des feux d'artifice.

Serena aussi s'éclatait. Le script était magnifique et passionné et ce Dan tout débraillé, un sacré bon acteur.

Voilà ce que je pourrais faire, songea-t-elle avec un petit frisson. Elle n'avait jamais vraiment réfléchi à ce qu'elle voulait faire dans la vie mais peut-être que jouer la comédie était son truc.

Ils continuèrent à lire au-delà de l'endroit où ils devaient s'arrêter. Comme s'ils avaient oublié qu'ils jouaient. Vanessa fronça les sourcils. Serena était super – ils étaient supers tous les deux – mais voilà que Dan tombait en pâmoison. C'était carrément écœurant.

Les garçons sont si prévisibles, songea Vanessa. Puis elle s'éclaircit bruyamment la gorge.

— Merci, Serena. Merci, Dan. (Elle feignit de griffonner des notes sur son calepin.) Je te donnerai ma réponse demain, d'accord ? dit-elle à Serena.

Dans tes rêves, écrivit-elle.

— C'était top ! s'exclama Serena en souriant à Dan.

Dan la regarda d'un air rêveur depuis son banc, toujours abruti par son apparition.

— Marjorie, je te donnerai aussi ma réponse demain. D'accord ? dit Vanessa à la rouquine.

— 'ccord, fit Marjorie. Merci.

Dan s'assit et cligna des yeux.

— Merci infiniment de m'avoir laissée auditionner, déclara Serena d'un ton doux, prête à s'en aller.

— À plus, dit Daniel, l'air drogué.

— Salut, dit Marjorie, en lui faisant un signe de la main. (Puis elle courut après Serena.)

— Répétons ton monologue, Dan, dit Vanessa d'un ton brusque. Je veux le filmer en premier.

— Quelle ligne de métro tu prends ? demanda Marjorie à Serena quand elles sortirent du parc.

— Euh..., fit Serena. (Elle ne prenait jamais le métro mais ça ne la tuerait pas de voyager avec Marjorie.) La 6, j'imagine.

— Hé, moi aussi ! s'exclama Marjorie d'un ton joyeux. On peut faire le trajet ensemble.

C'était l'heure de pointe et le métro était archibondé. Serena se retrouva coincée entre une femme avec un énorme sac Daffy et un petit garçon en surpoids qui ne trouvait rien de mieux à faire que se raccrocher au manteau de Serena chaque fois que le métro faisait des embardées. Marjorie se tenait aux poignées au-dessus de leur tête mais uniquement du bout des doigts : elle n'arrêtait pas de basculer en arrière et de marcher sur les pieds des gens.

— Tu ne trouves pas que Dan est franchement canon ? demanda Marjorie à Serena. J'ai hâte que l'on commence à tourner ! Je pourrais traînasser avec lui tous les jours !

Serena sourit. Manifestement, Marjorie croyait qu'elle avait décroché le rôle, ce qui était un peu triste étant donné que Serena était sûre et certaine *qu'elle* avait le rôle. Pour elle, c'était dans la poche ; elle avait assuré comme une bête.

Serena s'imagina en train d'apprendre à connaître Dan. Elle se demanda quelle école il fréquentait. Il avait un regard noir obsédant et récitait son texte comme s'il y croyait sincèrement. Ça lui plaisait bien. Ils devraient répéter après les cours. Elle se demanda s'il aimait sortir et ce qu'il aimait boire.

Le métro freina brutalement au coin de la 59e Rue et de Lexington-Bloomingdale. Serena bascula sur le petit garçon.

— Aïe ! s'écria-t-il en lui lançant un regard noir.

— C'est mon arrêt, dit Marjorie en se frayant un chemin jusqu'à la porte. Désolée pour toi si tu n'as pas le rôle. Je te vois demain à l'école.

— Bonne chance ! cria Serena.

Le wagon se vida et elle se glissa sur un siège, toujours obsédée par Dan.

Elle s'imagina en train de boire des irish coffees dans des cafés obscurs et de discuter de littérature russe. Dan devait beaucoup lire. Il pourrait lui prêter des livres et l'aider à peaufiner son jeu. Peut-être pourraient-ils même devenir amis. De nouveaux amis ne seraient pas de trop.

Avertissement : tous les noms de lieux, personnes et événements ont été modifiés ou abrégés afin de protéger les innocents. En l'occurrence, moi.

salut à tous !

J'ai joué dans une pièce de l'Interschool une fois. J'avais un seul mot à dire : « Iceberg ! » Super. Devinez dans quelle pièce je jouais et comment j'étais habillée ? La centième personne à trouver la bonne réponse gagnera un poster gratuit des frères Remi. Mais assez parlé de moi.

LES DÉBUTS DE MODÈLE DE *S* !

Ce week-end, guettez les nouveaux posters cool qui décorent l'extérieur des bus, les couloirs de métros et les toits de taxis. Et disponibles en ligne grâce à votre humble serviteur ! (Je vous le dis, je suis dans le coup !) C'est une grande et belle photo de ***S*** – pas son visage mais il y a son nom dessus, comme ça vous saurez que c'est elle. Félicitations à ***S*** pour ses débuts de modèle !

ON A VU

O, ***K*** et ***I***, toutes chez **3 Guys** en train de manger des frites et de boire du chocolat, avec de gros sacs bien remplis du grand magasin Intermix sous la table. Ces filles n'ont pas d'autre endroit où aller ? Et nous autres qui croyions qu'elles étaient sans cesse en train de faire la bringue et de picoler ! Que c'est décevant ! J'ai quand même aperçu ***O*** verser discrètement quelques gouttes de brandy dans son chocolat, cela dit. Gentille fille ! On a aussi vu la même nana en perruque se rendre à la clinique de dermato-vénérologie au centre-ville. Si c'est ***S***, elle a vraiment chopé une sacrée dose de saloperies. Oh, et au cas où vous vous demanderiez pourquoi je fréquente les alentours de la clinique, je me fais couper les cheveux dans un salon très *hype*, juste en face.

Vos e-mails

Q: Chère Gossip Girl,
T vrémen 1 fille ? Ta ler du mec ki sfé pa C pour 1 nana alor ken fait T q1 vi E journalist pervers 2 50 an ki sfé chié & ka ri 1 dmieu a foutr ke deblaterer sur D gamines com moi. Loser.
Jdwack

R: Très chèr(e) Jdwak,
Je suis la fille la plus fille que tu aimerais rencontrer. Et je suis presque en âge de voter et presque en âge d'entrer à la fac moi aussi. Comment je sais que *tu* n'es pas un vieux pervers aigri de cinquante ans, avec des furoncles plein le visage, qui passe son angoisse existentielle intérieure sur d'innocentes jeunes filles comme moi ?
GG

Q: Chère GG,

J'adooooooooooore tellement ta chronique que je l'ai montrée à mon papa, il l'a vachement aimée lui aussi ! Il a des potes qui bossent au *Paper*, au *Village Voice* et dans d'autres magazines. Ne t'étonne pas si ta rubrique devient de plus en plus populaire ! J'espère que ça te dérange pas ? Affectueusement et pour toujours !!!!

JNYHY

R: Si ça me dérange ? Pas le moins du monde ! J'adore être populaire. Je vais même devenir célèbre ! Finis les rôles merdiques où je dis qu'un seul mot dans les pièces de l'Interschool ! Peut-être même que vous *me* verrez sur un bus un jour prochain !

Au suivant !

Vous m'adorez, ne dites pas le contraire.

gossip girl

cassée à la récré !

— Hum, fit Serena en lorgnant les cookies sur la table du réfectoire de Constance.

Crème de beurre de cacahuètes, pépites de chocolat, bouillie d'avoine. À côté des cookies, des tasses en plastique remplies de jus d'orange ou de lait jonchaient les tables. Une dame de service surveillait les cookies : chaque fille n'avait droit qu'à deux gâteaux. C'était la récréation, la pause quotidienne de vingt-deux minutes que Constance octroyait à ses filles, toutes classes confondues, à l'issue de leur deuxième heure de cours.

Dès que la surveillante eut le dos tourné, Serena piqua six biscuits au beurre de cacahuètes et sortit sans bruit pour s'empiffrer. Ce n'était pas ce qu'on pouvait appeler un petit déjeuner équilibré mais ça devrait faire l'affaire. Elle avait veillé tard pour lire l'édition reliée de *Guerre et Paix* de son père afin de mieux se préparer au film de Vanessa.

Waouh ! *Guerre et Paix* fait combien de pages déjà ? Deux millions ? Jamais entendu parler des annales résumées ?

Serena aperçut Vanessa, arborant son sempiternel col roulé noir et l'expression de celle qui se fait chier, sortir de la cuisine de la cafétéria une tasse de thé à la main. Serena agita un cookie pour qu'elle la remarque et Vanessa vint la rejoindre.

— Salut, lança Serena d'un ton enjoué. Tu as pris ta décision ?

Vanessa sirota son thé. Elle avait passé la moitié de la nuit à hésiter entre Serena et Marjorie. Mais elle ne pouvait s'empêcher de revoir l'expression du visage de Dan quand il avait répété avec Serena. Et tant pis si Serena était une excellente actrice ! Elle ne voulait plus jamais revoir cette béatitude sur la figure de Dan. Et encore moins l'immortaliser dans son film.

— En fait, oui. Je ne l'ai pas encore dit à Marjorie, avoua calmement Vanessa. Mais c'est elle qui a le rôle.

Serena, abasourdie, fit tomber par terre le cookie qu'elle mangeait.

— Oh, fit-elle.

— Ouais, rétorqua Vanessa. (Elle se creusa les méninges afin de trouver une raison valable pour laquelle elle prenait Marjorie alors que, de toute évidence, Serena était faite pour le rôle.) Marjorie est franchement fruste et innocente. C'est ce que je recherche. Dan et moi avons trouvé que ta prestation était un peu trop… euh… *distinguée.*

— Oh, répéta Serena.

Elle avait du mal à le croire. Même Dan avait opposé son veto ? Elle s'était dit qu'ils pourraient devenir amis.

— Désolée, poursuivit Vanessa, se sentant légèrement mal.

Elle savait qu'elle n'aurait pas dû mêler Dan à tout cela ; il ignorait même qu'elle avait envoyé promener

Serena. Mais ça faisait plus pro ainsi. Comme si elle n'avait absolument rien de personnel contre Serena. C'était une décision strictement professionnelle.

— Mais tu es une bonne actrice, ajouta-t-elle. Ne te décourage pas !

— Merci, dit Serena.

Elle ne traînerait pas avec Dan et ne répéterait pas avec lui, contrairement à ce qu'elle avait imaginé. Et que dirait-elle à Mme Glos ? Elle n'avait toujours pas trouvé d'activités extrascolaires, et aucune université digne de ce nom ne voudrait jamais d'elle.

Vanessa tourna les talons, cherchant Marjorie pour lui annoncer la bonne nouvelle. Elle serait obligée de modifier tout le film maintenant que Marjorie était sa star. Ça devrait être une comédie. Mais au moins, elle s'était épargnée la peine de tourner *Amour éternel dans le parc la nuit tombée*, avec Serena van der Woodsen et Daniel Humphrey en vedette. Beurk !

Serena resta plantée dans un coin de la cafétéria, ses cookies s'effritant dans sa main. *Autant en emporte le vent* était une ringardise de première et elle était trop « *distinguée* » pour *Guerre et Paix*. Que lui restait-il ? Elle mâchouilla l'ongle de son pouce, perdue dans ses pensées.

Peut-être pourrait-elle réaliser son propre film. Olivia prenait des cours de ciné – elle pourrait l'aider. Quand elles étaient plus jeunes, elles disaient toujours qu'elles réaliseraient des films. Olivia serait la star, porterait des tenues Givenchy cool comme Audrey Hepburn même si elle préférait Fendi. Et Serena avait toujours désiré être aux commandes. Elle porterait un pantalon de lin ample, crierait dans un mégaphone et s'assoirait dans un fauteuil sur lequel serait inscrit « réalisateur ».

C'était la chance de leur vie.

— Olivia ! hurla quasiment Serena dès qu'elle l'aperçut près de la table où se trouvaient les verres de lait. (Elle se précipita vers elle, grisée par son idée de génie.) J'ai besoin de ton aide, poursuivit-elle en serrant affectueusement le bras d'Olivia.

Olivia resta bien raide jusqu'à ce que Serena la relâche.

— Désolée, s'excusa Serena. Écoute, je veux faire un film et je me suis dit que tu pourrais m'aider, tu sais, en m'expliquant comment marchent les caméras et tout le bordel vu que tu prends des cours.

Olivia jeta un coup d'œil à Kati et Isabel qui sirotaient tranquillement leur verre de lait derrière elle. Puis elle sourit à Serena et secoua la tête.

— Désolée, je peux pas, dit-elle. Je pratique des activités tous les jours après les cours. Je n'ai pas le temps.

— Oh, allez, Olivia ! insista Serena en lui prenant la main. Souviens-toi, on a toujours voulu faire du cinéma ! Tu voulais être Audrey Hepburn.

Olivia ôta sa main et croisa les bras sur sa poitrine, tout en jetant un nouveau regard en coin à Kati et Isabel.

— Ne t'inquiète pas, je ferai tout le boulot, s'empressa d'ajouter Serena. Tout ce que tu auras à faire, c'est me montrer comment se servir de la caméra, des éclairages et tout le toutim.

— Je ne peux pas, répéta Olivia. Désolée.

Serena fit la moue, histoire d'empêcher ses lèvres

de trembler. Ses yeux semblaient s'écarquiller de plus en plus et son visage, devenir cramoisi.

Olivia avait assisté bien des fois à cette métamorphose chez Serena, depuis leur enfance jusqu'à leur adolescence. Quand elles avaient huit ans, elles avaient parcouru à pied les douze kilomètres qui séparaient la maison de campagne de Serena de la ville de Ridgefield pour acheter des cornets de glace. Serena était sortie du glacier avec son cornet de trois boules de fraise saupoudrées de chocolat et s'était penchée pour caresser un chien attaché devant la boutique. Les trois boules étaient tombées dans la boue. Les yeux de Serena étaient devenus immenses et son visage s'était tacheté de rouge. Les larmes avaient commencé à ruisseler et Olivia était sur le point de partager son cornet avec elle lorsque le gérant du magasin était sorti et lui avait offert un autre cornet.

Revoir Serena au bord des larmes toucha quelque chose au plus profond d'Olivia, une sorte d'impulsion involontaire.

— Euh… mais nous sortons vendredi soir, confia-t-elle à Serena. Vers huit heures au Tribeca Star, si tu veux venir.

Serena respira un bon coup et hocha la tête.

— Comme au bon vieux temps, dit-elle en réprimant ses larmes et en ébauchant un sourire.

— Exact, fit Olivia.

Elle enregistra dans son PalmPilot mental de demander à Nate de ne pas venir vendredi soir vu que Serena serait là. Le nouveau plan d'Olivia était le suivant : descendre quelques verres avec Serena au Tribeca Star, s'en aller tôt, rentrer chez elle, allumer des bougies partout dans sa chambre, prendre un bain et attendre Nate. Puis ils baiseraient toute la nuit sur une musique romantique. Elle avait déjà choisi le CD de musique sexy qu'elle passerait en boucle pendant qu'ils le feraient.

Même les filles les mieux élevées avaient recours à des trucs ringards, comme programmer des CD en boucle pendant qu'elles perdaient leur virginité.

La cloche sonna et les filles se séparèrent pour se rendre dans leurs classes respectives ; Olivia à son cours avancé de l'après-midi sur le thème : « Comment réussir à l'université » et Serena, à son cours gonflant de découpage de papier kraft.

Serena n'en revenait pas : elle venait encore de se faire jeter, non pas une mais deux fois en l'espace de dix petites minutes. Et quand elle prit ses livres dans son casier, elle s'efforça d'ébaucher un nouveau plan d'action. Elle ne baisserait pas les bras.

Ce n'était pas pour rien si sa photo était placardée sur tous les bus.

quand le rêve romantique d'un westsider s'envole en fumée

Vanessa sécha les cinq premières minutes de son cours de calcul pour appeler Daniel sur son téléphone portable. Elle savait qu'il était en permanence tous les mardis en fin de matinée et il devait probablement traîner dehors, à lire de la poésie et à fumer. Une élève utilisant le téléphone payant dans le couloir de Constance près de l'escalier, Vanessa s'esquiva dehors dans une cabine téléphonique à l'angle de la 93e Rue et de Madison.

Comme les garçons du collège jouaient au foot dans la cour de Riverside Prep, Daniel s'était installé sur un banc du terre-plein central en plein Broadway lorsque son téléphone sonna. Il venait juste d'ouvrir *L'Étranger* d'Albert Camus qu'il étudiait en cours de français ce trimestre. Dan était hypermotivé. Il avait déjà lu la traduction en anglais mais trouvait que lire la version originale était particulièrement cool, surtout assis dehors au milieu de la puanteur et du vacarme de Broadway, en buvant du mauvais café et en fumant une cigarette. C'était très hard-core. Tandis que les piétons passaient devant lui à toute allure pour aller Dieu sait où, Dan se sentait hors du temps, loin du chaos de la vie quotidienne, exactement comme le type dans le livre.

Dan avait des cernes noirs sous les yeux car il n'avait pas fermé l'œil de la nuit. Il n'avait fait que penser à Serena van der Woodsen. Ils joueraient dans un film ensemble. Ils s'embrasseraient même. C'était trop beau pour être vrai.

Pauvre mec, il avait bien le droit de rêver !

Son téléphone portable sonnait encore.

— Ouais ? répondit Dan.

— Salut, c'est Vanessa.

— Salut.

— Écoute, faut que je fasse vite. Je voulais juste que tu saches que j'ai dit à Marjorie qu'elle avait le rôle, fit rapidement Vanessa.

— Tu veux dire Serena, la reprit Daniel en faisant tomber la cendre de sa cigarette et en tirant une autre taffe.

— Non. Marjorie.

Dan recracha la fumée et empoigna son téléphone.

— Attends. Qu'est-ce que tu racontes ? Marjorie, la rouquine au chewing-gum ?

— Oui, c'est ça. Je n'ai pas confondu, dit Vanessa, patiemment.

— Mais Marjorie a été nulle ! Tu peux pas la prendre ! insista Dan.

— Ouais, eh bien ça me plaît bien qu'elle ait été nulle. Elle est un peu bourrue dans son genre. Je crois que ça fera monter la tension dans le film. Ça donnera un truc auquel on s'attend pas.

— Ouais, c'est le moins qu'on puisse dire, ricana Dan. Écoute, je crois qu'il y a vraiment une erreur.

Serena a assuré sur toute la ligne. Je comprends pas pourquoi tu ne veux pas d'elle. Elle a été géniale.

— Ouais, bon, c'est moi la réalisatrice et c'est moi qui décide. Et j'ai choisi Marjorie, OK ? (Vanessa n'avait franchement pas envie qu'il lui répète combien Serena avait été géniale.) En plus, j'arrête pas d'entendre des tas d'histoires sur Serena. Je ne crois pas qu'elle soit aussi fiable que ça.

Vanessa était quasiment sûre que tout ce qu'elle entendait sur Serena était faux mais en parler à Dan ne pouvait pas faire de mal.

— Que veux-tu dire ? s'enquit Dan. Quel genre d'histoires ?

— Du style, elle fabrique sa propre drogue qui s'appelle S. Et elle a chopé de méchantes MST, répondit Vanessa. J'ai vraiment pas envie d'être mêlée à tout ça.

— Où as-tu entendu ça ? demanda Dan.

— J'ai mes sources, affirma-t-elle.

Un bus remonta Madison dans un hurlement de moteur, direction le Cloisters. Une immense photo de nombril était placardée sur le bus. Ou était-ce une blessure par balle ? Le nom « Serena » était griffonné sur le côté de la photo, dans une écriture de fille bleue.

Vanessa fixa le bus. Perdait-elle la tête ? Ou Serena était-elle bel et bien partout ? Dans toute sa splendeur ?

— Je ne crois pas que ce soit elle qu'il nous faille, poursuivit Vanessa, espérant que Daniel se rangerait à son avis si elle employait le mot « nous ».

C'était *leur* film, pas uniquement le sien.

— Bien, rétorqua Dan d'un ton froid.

— Alors, tu sors avec Ruby et moi à Brooklyn vendredi soir ? lui demanda Vanessa, pressée de changer de sujet.

— Non, je crois pas, répondit Dan. À plus.

Il éteignit son portable et le fourra rageusement dans son sac en toile noir.

Ce matin, sa sœur Jenny était entrée en titubant dans sa chambre, les yeux injectés de sang et les mains recouvertes d'encre noire, et avait jeté une invitation à cette soirée débile pour les faucons au pied de son lit. Il avait osé penser que vu qu'il serait le partenaire de Serena, il pourrait *bel et bien* l'emmener à cette foutue soirée. À présent, son petit rêve était parti en fumée.

Dan n'arrivait pas à le croire. Son unique chance de connaître Serena était réduite à néant parce que Vanessa voulait exercer sa licence artistique pour réaliser le pire film jamais réalisé. Incroyable ! Mais ce qui était encore plus hallucinant, c'était que Vanessa, reine de la scène alterno-rebelle, s'était rabaissée à colporter des rumeurs sur une fille qu'elle connaissait à peine. Peut-être que Constance finissait par déteindre sur elle.

Allez, ne joue pas les rabat-joie ! C'est sexy de commérer ! C'est bon de commérer ! Tout le monde ne le fait pas mais tout le monde devrait le faire !

Un bus s'arrêta à un feu juste devant lui. Dan remarqua tout d'abord le nom de Serena. Il était inscrit en bleu, dans une écriture de fille un peu bâclée sur un cliché géant en noir et blanc de ce qui ressemblait à un bouton de rose. C'était magnifique.

quand une fan rencontre son idole

Lorsque Jenny arriva en cours jeudi, c'était une zombie : elle avait veillé toute la nuit pour terminer les invitations de la soirée *Baiser sur les lèvres*. Mais Dan et elle en avaient désormais chacun une.

Elle mourait de faim, n'ayant avalé qu'une banane et une orange au dîner la veille. Elle avait même zappé son petit pain aux pépites de chocolat du matin. Au déjeuner, Jenny batailla ferme avec les dames de service de la cafétéria de Constance pour avoir droit à deux sandwiches au fromage grillés et à deux yaourts au café. Elle traversa la cafétéria avec son festin, à la recherche d'une table tranquille. En mangeant, elle dut rattraper les devoirs qu'elle n'avait pas faits la veille.

Jenny choisit une table devant le mur de miroirs à l'autre bout de la cafétéria. Aucune élève de terminale n'aimait déjeuner devant les miroirs car ça leur donnait l'impression d'être grosses : de fait, cette table était toujours vide. Jenny déposa son plateau et allait commencer à s'empiffrer lorsqu'elle remarqua une fiche d'inscription scotchée au miroir.

Elle sortit un stylo de son sac à dos. Elle griffonna son nom en haut de la liste – elle était la première à s'inscrire ! – puis se rassit devant son plateau rempli à ras bord, le cœur battant. La vie était pleine de miracles ! Les choses n'allaient qu'en s'améliorant.

Encore plus miraculeux, Serena van der Woodsen en personne sortait de la file d'attente et se dirigeait droit vers Jenny, son plateau à la main. Serena s'assoirait-elle à côté d'elle ? *En chair et en os ?*

Respire un bon coup.

— Salut ! lança Serena en gratifiant Jenny d'un sourire rayonnant et en posant son plateau.

Dieu qu'elle était belle ! Ses cheveux étaient d'un or clair, couleur que les autres filles de Constance tentaient d'obtenir en passant quatre heures à se faire faire des mèches chez le coiffeur, au dernier étage de Bergdorf Goodman. Mais chez Serena, c'était naturel, ça se voyait !

— Je viens bien de te voir t'inscrire pour m'aider à réaliser mon film ? lui demanda Serena.

Jenny hocha la tête : être en présence d'une telle splendeur la laissait sans voix.

— Tu es la seule pour l'instant, soupira Serena, en s'asseyant en face de Jenny et du mur de miroirs.

Elle n'avait pas à se soucier de se sentir grosse quand elle mangeait. Elle n'avait pas de graisse. Elle leva ses sourcils dorés en regardant Jenny.

— Alors, qu'est-ce que tu peux faire ?

Jenny tripota son fromage grillé du bout de sa fourchette. Elle n'arrivait pas à croire qu'elle avait pris deux sandwiches ! Serena la considérerait probablement comme une grosse goinfre dégueulasse.

— Eh bien, j'ai un côté artiste. J'ai fait les livres de cantiques à l'école, tu sais, en calligraphie ? Et j'ai publié des photos dans *Rancor* cette année, ainsi qu'une nouvelle.

Rancor était le magazine d'art que réalisaient les étudiants de Constance. Vanessa Abrams en était la rédactrice en chef.

— Ah et je viens de créer les invitations pour cette grosse soirée où tout le monde ira la semaine prochaine, poursuivit Jenny, désireuse de lui en mettre plein la vue. Olivia Waldorf m'a demandé de les faire. En fait… (Jenny plongea la main dans son sac et en sortit une enveloppe où était inscrit le nom de Serena dans une calligraphie recherchée.) Sur la liste des invités que m'a donnée Olivia, il y avait ton adresse au pensionnat. J'avais l'intention de la mettre dans ton casier, quelque chose comme ça, dit Jenny en rougissant. Mais maintenant que tu es là…

Elle tendit l'enveloppe à Serena.

J'ai pas trop l'air d'une fan obsessionnelle ? se demanda Jenny.

— Merci, dit Serena en prenant l'enveloppe.

Elle l'ouvrit et lut l'invitation, les yeux sombres et le front plissé.

Oh, mon Dieu, elle trouve ça horrible ! songea Jenny, paniquée.

Serena rangea l'invitation dans son sac et attrapa sa fourchette, l'air distrait. Elle prit un morceau de laitue et le mâchouilla.

Jenny nota mentalement comment faire pour être mystérieuse, cool et posée comme l'était Serena à l'instant même. Si seulement elle avait pu entendre ces pensées qui fulminaient dans la tête de Serena, ces injures toutes destinées à Olivia !

Elle ne voulait pas que je vienne à cette soirée. Elle ne m'a même pas dit qu'il y avait *une soirée.*

— Waouh ! finit par s'écrier Serena en continuant à mâcher sa laitue. D'accord, tu es embauchée. (Elle tendit la main et gratifia Jenny d'un sourire doux.) Serena, dit-elle.

— Je sais, fit Jenny, s'empourprant encore davantage. Jenny.

Avertissement : tous les noms de lieux, personnes et événements ont été modifiés ou abrégés afin de protéger les innocents. En l'occurrence, moi.

salut à tous !

S ET O : CHAUD-BOUILLANT DANS UN BAIN CHAUD !

Ceci provient d'une source anonyme. Apparemment, quand elles étaient encore bourrées, ***S*** et ***O*** ont partagé un bain bien chaud dans la suite de ***C*** au Tribeca Star. Leur baiser exprimait-il leurs véritables sentiments l'une pour l'autre ? Ou déliraient-elles comme deux idiotes ivres ? Quoi qu'il en soit, ça ajoute encore un peu de tension à la confusion ambiante. Qu'est-ce qu'on se marre !

Et au cas où vous n'auriez pas remarqué le poster placardé sur tous les bus, les taxis et les métros partout en ville, la photo originale de ***S*** est toujours exposée à la Whitehot Gallery de Chelsea, parmi les portraits d'autres incontournables VIP fashionistas très *hype*, dont moi-même. Eh oui ! Les frères Remi étaient bien trop sexy pour que je leur résiste. On est fabuleux ou on l'est pas, les potes !

Vos e-mails

Q: Chère Gossip Girl,

Je ne te dirai pas qui je suis mais je fais aussi partie de l'expo des frères Remi. J'aime beaucoup ce qu'ils

font et j'adore la photo qu'ils ont prise de moi mais jamais de la vie je ne les laisserai l'afficher sur un bus ! Si tu veux mon avis, ***S*** cherche les emmerdes. Et d'après ce que je sais, elle en a jusqu'au cou.
Anonyme.

R: Chèr(e) Anonyme,
C'est cool d'être modeste mais si tu voulais afficher une toute petite parcelle de moi sur un bus, je serais partante. Je me prostituerais pour être célèbre !
GG

ON A VU

Petite ***J*** acheter un énorme pavé sur la réalisation cinématographique chez Shakespeare & Co à Broadway. ***N*** traîner avec ***C*** dans un bar de la 1re Avenue. Je parie que ***N*** veut garder un œil sur ***C*** pour être sûr qu'il ne crache pas le morceau, pas vrai ? Et ***O*** acheter des tas de bougies dans une boutique de Lex en prévision de sa grande nuit d'amour avec ***N***.
C'est tout pour aujourd'hui. Éclatez-vous bien ce week-end. Quant à moi, je vais pas me gêner !

Vous m'adorez, ne dites pas le contraire.

gossip girl

tribeca star

Le Star Lounge du Tribeca Star Hotel était spacieux, huppé et regorgeait de fauteuils confortables, d'ottomanes et de banquettes circulaires : les invités avaient donc la sensation de donner une petite soirée privée à leur table. Des douzaines de bougies noires illuminaient un mur entier, tremblotant dans la pièce faiblement éclairée, et le D.J. passait des morceaux cool et sirupeux sur sa platine. Il n'était que vingt heures mais le bar était déjà bondé, bourré de clients aux fringues hyperbranchées qui sirotaient des cocktails couleur pastel.

Olivia se fichait bien de l'heure qu'il était. Elle avait besoin d'un remontant.

Elle était assise dans un fauteuil juste à côté du bar mais la conne de serveuse l'ignorait, probablement parce que Olivia n'avait pas daigné s'habiller chic. Elle avait enfilé son vieux jean Earl délavé et un vieux pull noir glauque car elle avait l'intention de ne boire qu'un seul verre rapide avec Serena. Ensuite elle rentrerait chez elle se préparer à sa nuit de baise torride avec Nate. Et elle n'avait pas non plus besoin de s'habiller pour l'occasion : Olivia avait décidé d'accueillir Nate toute nue sur le pas de la porte.

Rien que d'y penser, son visage s'échauffa et elle balaya timidement la salle du regard. Elle avait l'impression d'être une loser, assise toute seule dans son coin sans rien à boire. Et où était Serena, au fait ? Elle n'avait pas toute la nuit devant elle, bordel !

Olivia alluma une cigarette. *Si Serena n'arrive pas quand j'ai fini ma cigarette, je me barre*, se dit-elle d'un ton boudeur.

« Regarde-*la* ! » entendit Olivia. (Deux amies papotaient.) « Elle est belle, non ? »

Olivia se retourna. C'était Serena. Forcément.

Elle portait des bottes de daim bleu qui lui arrivaient au genou et une vraie robe Pucci. À manches longues, au col montant et avec une ceinture à perles de cristal, dans les tons bleus, orange et verts. Elle était super canon. Ses cheveux étaient attachés en queue-de-cheval haute sur sa tête et elle s'était appliqué de l'ombre à paupière bleu clair et du rouge à lèvres rose crémeux. Elle sourit, fit un signe de la main à Olivia depuis l'autre bout de la pièce, puis se fraya un chemin à travers la foule. Olivia observa toutes les têtes se retourner sur son passage et son estomac se contracta. Elle en avait déjà ras le bol de Serena et pourtant, elle ne lui avait même pas adressé la parole.

— Salut, dit Serena en se laissant tomber sur une ottomane carrée à côté du fauteuil d'Olivia.

La serveuse apparut sur-le-champ.

— Salut, Serena, ça fait un bail ! Comment va ton frère ? lui demanda la serveuse.

— Salut, Missy. Erik va bien. Il est trop débordé pour m'appeler. Je crois qu'il doit avoir, je sais pas moi, huit nanas là-bas, dit Serena en riant. Qu'est-ce que tu deviens ?

— Ça va super, répondit Missy. Hé, tu sais que ma sœur bosse pour un traiteur ? Elle m'a dit qu'elle t'avait vue il y a quelques jours à une soirée pour laquelle elle travaillait dans une galerie de Chelsea. Elle m'a dit que c'était toi sur la photo sur tous les bus. C'est vrai ?

— Ouais, dit Serena. C'est de la folie, non ?

— Tu es si belle ! s'écria Missy d'une voix perçante. (Elle regarda furtivement Olivia qui lui lançait un regard noir.) Enfin bref, qu'est-ce que je vous sers, les filles ?

— Vodka tonic, fit Olivia en la regardant droit dans les yeux, la défiant de contrôler leur identité. Avec des citrons.

Mais Missy préférait perdre son boulot plutôt que d'enquiquiner Serena van der Woodsen parce qu'elle était mineure.

C'était l'unique raison pour laquelle elles allaient boire dans les bars des hôtels : personne ne vérifiait jamais leur âge.

— Et toi, ma belle ? demanda Missy à Serena.

— Oh, je préfère commencer avec un Cosmo, dit Serena en riant. Il me faut quelque chose de rose, assorti à ma robe !

Missy se hâta d'aller chercher leurs cocktails, impatiente d'annoncer au barman que la fille qui posait sur la photo des frères Remi placardée dans toute la ville se trouvait dans leur bar et qu'elles étaient copines !

— Désolée, je suis en retard, s'excusa Serena en regardant autour d'elle. Je me suis dit que tous les autres seraient déjà avec toi.

Olivia haussa les épaules et tira une longue taffe sur sa cigarette qui rapetissait à vue d'œil.

— Je me suis dit qu'on pourrait d'abord se voir toutes les deux. Les autres arrivent toujours plus tard de toute façon.

— OK, fit Serena.

Elle défroissa sa robe et chercha son paquet de cigarettes dans son petit sac à main rouge. Des Gauloises. De France. Elle en sortit une en tapotant le paquet et la mit entre ses lèvres.

— T'en veux une ? proposa-t-elle à Olivia.

Olivia secoua la tête.

— Elles sont un peu fortes mais le paquet est tellement cool que je m'en fous, dit Serena en riant.

Elle était sur le point de l'allumer avec les allumettes du bar quand le barman fondit sur elle, muni d'un briquet.

— Merci, dit-elle en levant les yeux sur lui.

Le barman lui fit un clin d'œil et repartit aussitôt derrière son bar. Missy leur apporta leurs boissons.

— Au bon vieux temps ! lança Serena en trinquant avec Olivia et en prenant une grande gorgée de son Cosmopolitan rose. (Elle s'assit bien confortablement sur son ottomane et soupira de plaisir.) Tu n'adores pas les hôtels ? dit-elle. Ils sont tellement remplis de secrets !

Olivia regarda Serena en haussant les sourcils, dans une réponse tacite, persuadée que celle-ci allait lui révéler tous les trucs fous et extravagants qui lui étaient arrivés dans des hôtels, en Europe ou ailleurs. Comme si Olivia en avait quelque chose à foutre.

— Enfin, tu ne t'es jamais demandé ce que fabriquaient les gens dans leur chambre ? Du style, s'ils regardaient des pornos ? Bouffaient des gâteaux apéro au fromage ? Ou baisaient comme des pervers dans la salle de bains ? Et s'ils ne faisaient que dormir ?

— Hum, hum, fit Olivia, indifférente, vidant son cocktail d'un trait.

Elle devait être un peu bourrée si elle voulait tenir toute la nuit. Et surtout arriver à se mettre toute nue.

— Alors, c'est quoi cette histoire de photo sur les bus et tout ce bordel ? dit Olivia. Je ne l'ai pas vue.

Serena gloussa et se pencha vers Olivia, en confidence.

— Même si tu la voyais, tu ne me reconnaîtrais probablement pas. Il y a mon nom dessus mais ce n'est pas une photo de mon visage.

Olivia fronça les sourcils.

— Je comprends pas, fit-elle.

— C'est de l'art, poursuivit Serena d'un ton mystérieux.

Puis elle gloussa de nouveau et sirota son cocktail. Les visages des deux filles ne se trouvaient qu'à quelques centimètres et Olivia sentit le mélange d'huiles essentielles musquées que Serena portait depuis peu.

— Je comprends toujours pas. C'est quelque chose de crade ? demanda Olivia, déroutée.

— Pas vraiment, répondit Serena en se fendant d'un sourire narquois. Des tas d'autres gens ont aussi la leur. Tu sais – des célébrités.

— Comme qui ? interrogea Olivia.

— Comme Madonna, Eminem, et Christina Aguilera.

— Ah bon, lança Olivia, pas impressionnée le moins du monde.

Les yeux de Serena se plissèrent.

— Qu'est-ce que c'est censé vouloir dire ? demanda-t-elle.

Olivia leva le menton et replaça ses cheveux châtains raides derrière ses oreilles.

— Je sais pas. Comme si tu voulais faire n'importe quoi pour choquer les gens. T'as aucune fierté ?

Serena secoua la tête, les yeux toujours rivés sur Olivia.

— Quoi par exemple ? Qu'est-ce que j'ai fait ? dit-elle, se rongeant frénétiquement les ongles.

— Te faire virer du pensionnat, par exemple, rétorqua Olivia d'un ton vague.

Serena s'étrangla de rire.

— Qu'est-ce que ça a de mal ? Des tas de gens se font virer tous les ans. Ils ont tellement de règles à la con que c'est presque impossible de ne *pas* se faire virer.

Olivia serra les lèvres, choisissant soigneusement ses mots.

— C'est pas ce que je veux dire. Ce dont je parle, c'est de la *raison* pour laquelle tu t'es fait virer.

Ça y était. Trop tard. Elle devrait rester des heures à écouter Serena lui raconter ses histoires de secte dont elle faisait partie, de garçons avec qui elle avait baisé, et de drogues qu'elle avait fabriquées. Et merde !

Mais surtout n'allez pas croire une seconde qu'elle n'était pas curieuse.

Olivia tripota le rubis sur son doigt, le tourna et le retourna. Serena leva son verre en direction de Missy et lui en commanda un autre.

— Olivia, fit Serena, la seule raison pour laquelle je me suis fait virer, c'est parce que je ne me suis pas présentée au début de l'année. Je suis restée en

France. Mes parents ne le savaient même pas. J'étais censée reprendre l'avion fin août mais je suis restée jusqu'à fin septembre. Je vivais dans un château fantastique aux environs de Cannes et c'était la bringue en permanence. Je ne me souviens pas avoir dormi une nuit entière tout le temps que je suis restée là-bas. C'était comme les soirées dans cette maison dans *Gatsby le Magnifique*.

« Il y avait deux mecs, deux frères. Et j'étais folle des deux. En fait, ajouta-t-elle en riant, j'étais encore plus folle de leur père mais il était marié. »

Le D.J. du Star Lounge changea d'ambiance et passa un morceau d'acid-jazz funky au rythme cool. Les lumières s'atténuèrent et les bougies tremblotèrent. Serena agita les pieds sur la musique et jeta un œil à Olivia dont le regard devenait vitreux.

Serena alluma une autre cigarette et avala la fumée.

— Bref, évidemment que j'ai pas mal fait la bringue à l'école mais c'était pareil pour tout le monde. Ce que l'école n'a pas supporté, c'est que j'ai même pas pris la peine de venir en début d'année. Je ne leur en veux pas, j'imagine. Mais pour te dire la vérité, je me foutais bien de retourner en cours. Je me marrais trop !

Olivia leva de nouveau les yeux au ciel. Elle se fichait éperdument de la vérité.

— Tu t'es jamais dit que ces années étaient, je sais pas moi, les années les plus importantes de toute notre vie ? Rentrer à la fac et tout et tout ? fit-elle.

Missy apporta son cocktail à Serena et cette fois-ci, elle ne la remercia que d'un signe de tête. Elle regarda par terre, ses ongles roses entre ses dents.

— Ouais, je viens juste de m'en rendre compte,

reconnut-elle. J'y avais jamais réfléchi avant – j'aurais dû m'inscrire dans des clubs, des équipes. Tu sais, m'investir à cent pour cent dans l'école.

Olivia secoua la tête.

— Je plains tes parents, dit-elle d'un ton calme.

Les yeux de Serena s'écarquillèrent et ses lèvres tremblèrent. Mais elle était bien résolue à ne pas laisser Olivia la faire pleurer. Olivia se comportait en garce, c'était tout. Peut-être qu'elle avait ses règles.

Serena but une bonne rasade de son cocktail et s'essuya la bouche avec sa serviette.

— Alors, tu ne m'as jamais dit ce que Nate et toi avez fabriqué cet été. Êtes-vous allés dans le Maine voir le bateau qu'il a construit ? demanda-t-elle, changeant complètement de sujet.

Olivia secoua la tête.

— J'étais en stage de tennis. Ça craignait.

— Oh, lâcha Serena.

Elles burent leur verre dans un silence gêné.

Serena se redressa brusquement, se rappelant quelque chose.

— Hé, dit-elle, tu sais qu'une fille s'est inscrite pour m'aider à faire mon film ? Une élève de troisième. Elle s'appelle Jenny. Et elle m'a filé une invitation pour la soirée de la semaine prochaine. Tu sais, celle que tu prépares.

En plein dans le mille, copine ! En plein dans le mille !

Olivia sortit une autre cigarette de son paquet et la fourra dans sa bouche. Elle chercha une allumette, s'arrêta avant de la frotter pour voir si le barman traverserait la pièce en courant avec un briquet. Non.

Olivia alluma sa cigarette toute seule et envoya un gros nuage de fumée en plein dans le visage de Serena.

Alors comme ça, Serena était au courant pour la soirée. Elle avait eu une invitation. Bon, elle l'aurait appris d'une manière ou d'une autre, de toute façon.

— La calligraphe, dit Olivia d'un ton doux. Elle est bonne, non ?

— Oui. Elle a fait du bon boulot, répondit Serena. Et c'était très sympa de sa part de remarquer que l'adresse était inexacte sur mon invitation. Elle m'a dit que tu lui avais donné celle de mon dortoir à l'Hanover Academy.

Olivia repoussa ses cheveux derrière ses oreilles et haussa les épaules.

— Oups ! fit-elle, feignant l'ignorance. Désolée pour ça.

— Alors parle-moi de la soirée, lança Serena. C'est pour quoi, déjà ?

Olivia était incapable de parler de la cause sans ressentir de l'embarras, tant celle-ci faisait minable et pas sexy. C'était pour cela qu'elle avait baptisé la soirée *Baiser sur les lèvres*. Pour lui donner de l'allure.

— C'est pour les deux faucons pèlerins qui vivent à Central Park. C'est une espèce en voie de disparition et tout le monde a peur qu'ils périssent, meurent de faim ou que les écureuils dévalisent leur nid, etc. Ils ont donc créé une fondation pour eux, expliqua-t-elle. Ne rigole pas ! Je sais que ça a l'air con.

Serena souffla une bouffée de sa cigarette et pouffa.

— Eh bien, ce n'est pas comme si c'étaient des *personnes* que l'on devait sauver. Et les sans-abri ?

— C'est une cause comme une autre. Nous voulions quelque chose qui ne soit pas trop lourd pour commencer la saison, râla Olivia, ennuyée.

Elle avait le droit de se moquer de la cause qu'elle avait choisie pour la soirée, mais pas Serena.

Serena ramena la conversation sur le sujet précédent.

— Donc la soirée. C'est pour qui ? Juste pour nous ou aussi pour les parents ? demanda-t-elle.

Olivia hésita.

— Juste pour… nous, finit-elle par dire. (Elle vida son verre d'un trait et regarda sa montre.) Euh, faut que j'y aille.

Elle glissa son sac sur son bras et attrapa son paquet de cigarettes sur la table.

Serena fronça les sourcils. Elle avait pris son temps pour s'habiller, s'était mentalement préparée à passer une soirée de folie entre copains. Elle s'était attendue à retrouver toute la clique – Olivia et les filles, Nate et sa bande, Chuck et ses potes – tous ceux avec qui elle avait l'habitude de sortir.

— Mais je pensais qu'on resterait ici un moment ? lança Serena. Qu'on attendrait les autres. Où vas-tu, d'ailleurs ?

— J'ai un examen blanc d'entrée à l'université demain matin, dit Olivia, se sentant extrêmement supérieure, même si elle mentait comme une arracheuse de dents. Je dois réviser et je voudrais me coucher tôt.

— Oh, lâcha Serena. (Elle croisa les bras et se rassit sur son ottomane.) J'espérais qu'on finirait tous dans la suite des Bass en haut, à faire la fête. Ils l'ont toujours, hein ?

En seconde, Serena et Olivia avaient passé plus d'une nuit dans la suite de Chuck Bass, à boire et à danser, à regarder des films, à appeler le garçon d'étage et à prendre des bains chauds. Ensemble, elles s'étaient endormies, ivres mortes, sur le lit extra large et y avaient passé la nuit jusqu'à ce qu'elles eussent suffisamment dessoûlé pour pouvoir rentrer chez elles.

Une fois, au cours d'une soirée fort arrosée à la fin de leur année de seconde, Serena et Olivia faisaient trempette dans un bain chaud et Olivia avait embrassé Serena sur les lèvres. Visiblement, Serena ne s'était souvenue de rien le lendemain matin mais Olivia n'avait jamais oublié. Même si cela n'avait été qu'un coup de tête qui ne voulait absolument rien dire, repenser à ce baiser l'avait toujours excitée, démangée et embarrassée. C'était une autre raison pour laquelle Olivia avait été tellement soulagée que Serena s'en aille.

— Les Bass ont toujours leur suite, dit Olivia en se levant. Mais ils n'apprécient pas trop que d'autres personnes s'en servent. On est plus en seconde, ajouta-t-elle d'un ton froid.

— OK, dit Serena.

Elle ne pouvait rien dire de bien, pas vrai ? Du moins, pas à Olivia.

— Passe un bon week-end, lui lança Olivia avec un sourire coincé, comme si elles venaient juste de faire connaissance.

Comme si elles ne se connaissaient pas depuis toujours. Elle laissa un billet de vingt dollars sur la table pour leurs boissons.

— Excusez-moi, dit-elle aux trois grands gaillards qui lui bloquaient le chemin. Je peux passer ?

Serena fit tournoyer sa paille dans son verre et sirota la lie de son Cosmopolitan, observant Olivia s'en aller. Sa boisson avait un goût salé ; normal, elle était à deux doigts de se remettre à pleurer.

— Hé, Olivia ! cria Serena.

Peut-être que si elle lâchait tout à son amie, si elle demandait à Olivia pourquoi elle était aussi furieuse, si elle lui avouait même qu'elle avait couché avec Nate une seule fois, pourraient-elles redevenir amies. Tout recommencer à zéro. Serena envisagerait même de prendre des cours de préparation aux examens d'entrée à l'université et elles réviseraient ensemble.

Mais Olivia continuait à avancer dans la foule et sortit dans la rue.

Elle marcha jusqu'à la 6e Avenue pour prendre un taxi et retourner dans les quartiers chic. Il commençait à pleuvoir et ses cheveux frisottaient. Un bus passa dans un ronflement de moteur, avec la photo de Serena. Était-ce son nombril ? On aurait dit le petit trou foncé au milieu d'une pêche. Olivia lui tourna le dos et héla un taxi. Dommage pour elle : le premier taxi qui s'arrêta arborait le même poster sur la boîte publicitaire illuminée sur son toit. Olivia monta dedans et claqua la porte, furieuse. Elle ne pouvait pas faire un pas sans voir cette putain de Serena partout !

o & n se rapprochent... mais ce n'est pas encore ça

Serena prit une autre cigarette et la mit à sa bouche, les doigts tremblants. D'un seul coup, une main ornée d'une bague rose lui tendit un Zippo et alluma sa clope. Le briquet était en or, monogrammé *C.B.* La bague aussi.

— Salut, Serena ! T'es super bandante ce soir ! lança Chuck Bass. Qu'est-ce que tu fous ici toute seule ?

Serena avala la fumée, refoula ses larmes et sourit.

— Salut, Chuck. Je suis contente de te voir. Olivia m'a laissée en plan et me voilà toute seule. Les autres viennent ?

Chuck referma son briquet d'un coup et le rangea dans sa poche. Il balaya la pièce du regard.

— Qui sait ? dit-il d'un ton nonchalant. Peut-être que oui, peut-être que non.

Il s'assit dans le fauteuil où était installée Olivia auparavant.

— T'es vraiment bandante, répéta-t-il, sans quitter des yeux les jambes de Serena comme s'il voulait les dévorer.

— Merci, fit Serena en riant.

C'était une sorte de soulagement de voir que

Chuck n'avait pas changé quand tous les autres se comportaient bizarrement. Elle devait au moins lui reconnaître cela.

— La même chose, lâcha Chuck à Missy. Et mettez tout sur ma note. (Il tendit à Serena le billet de vingt dollars qu'Olivia avait laissé sur la table.) Tu peux le garder, dit-il.

— Mais c'est à Olivia ! protesta Serena en prenant le billet.

— Alors tu le lui rendras, fit Chuck.

Serena hocha la tête et fourra le billet dans son sac à main de cuir rouge.

— Nous y sommes, dit Chuck quand Missy leur apporta leurs boissons. Cul sec !

Il trinqua avec Serena et fit couler le scotch à flots dans son gosier.

— Oups, lança-t-elle en renversant son Cosmo sur sa robe. Zut !

Chuck prit sa serviette et tapota la tache qui, heureux hasard, se répandait sur sa hanche.

— Voilà, tu la vois même plus ! dit-il en s'attardant près de son entrejambe.

Serena attrapa la main de Chuck et la reposa sur son genou.

— Merci, Chuck. Je crois que ça va aller.

Chuck ne fut pas gêné pour autant. Il était *ingênable.*

— Dis, si on se commandait à boire et qu'on montait dans ma suite, OK ? proposa-t-il. Je demanderai au personnel du bar de dire à ceux qui arrivent de nous retrouver là-haut. Ils connaissent mes amis.

Serena hésita, pensant à ce qu'Olivia lui avait

confié – que les Bass n'appréciaient plus que des gens aillent dans leur suite.

— Tu es sûr que c'est OK ? lui demanda-t-elle.

Chuck rit, se leva et lui tendit la main.

— Bien sûr que c'est OK. Viens.

Même s'il pleuvait des cordes et qu'il se gelait le cul, Nate n'était absolument pas pressé d'entrer chez Olivia. C'était carrément ironique : un gamin de dix-sept ans, à deux doigts de baiser pour la première fois avec sa petite copine – sa première fois à *elle*, en tout cas ! Il aurait dû *courir à fond de train*.

Elle doit le savoir maintenant, se répétait-il inlassablement. Comment pourrait-il en être autrement ? Toute la ville devait être au courant qu'il avait couché avec Serena. Mais si Olivia le savait, alors pourquoi ne lui avait-elle rien dit ?

Y penser rendait Nate fou.

Il entra dans une boutique de spiritueux sur Madison Avenue et acheta une demi-pinte de Jack Daniels. Il avait déjà fumé un petit joint chez lui mais il avait besoin d'une forte dose de courage avant de voir Olivia. Il ignorait totalement ce dans quoi il s'embarquait.

Nate fit le reste du chemin aussi lentement que possible, buvant subrepticement des gorgées de whisky. Juste avant de tourner à l'angle de la 72e Rue pour aller chez elle, il lui acheta une rose.

Chuck commanda une autre tournée au bar et Serena le suivit dans l'ascenseur, direction la suite des Bass au dix-neuvième étage. Elle était exactement comme elle l'avait toujours été : séjour avec un meuble audio-vidéo et un bar ; immense chambre à coucher avec un lit extra large et un autre meuble audio-vidéo – comme s'il leur en fallait deux ! –, gigantesque salle de bains en marbre, avec une baignoire et deux peignoirs de bain blancs moelleux. Autre chose géniale que Serena adorait dans les hôtels : les peignoirs de bain.

N'était-ce pas le cas de tout le monde ?

Sur la table basse du séjour était empilé un tas de photos. Serena reconnut le visage de Nate sur la première. Elle prit les photos et les parcourut.

Chuck y jeta un œil par-dessus son épaule.

— L'an dernier, dit-il en secouant la tête. On avait pété les plombs !

Olivia, Nate, Chuck, Isabel et Kati figuraient tous sur les photos, nus dans la baignoire, dansant en sous-vêtements et buvant du champagne au lit. C'étaient des clichés de soirées de l'an passé – la date se trouvait au coin de chacun – et tous avaient été pris dans la suite des Bass.

Olivia avait donc menti. Tout le monde continuait à faire la bringue dans la suite des Bass, comme avant. Et Olivia n'était pas la petite sainte qu'elle prétendait être, avec ses pseudo examens d'entrée à l'université et son cardigan noir très comme il faut. Sur une photo, Olivia sautait sur le lit en sous-vêtements, un magnum de champagne à la main.

Serena descendit son verre d'un trait et s'assit à un bout du canapé. Chuck s'assit à l'autre bout et mit les pieds de Serena sur ses genoux.

— Chuck ! l'avertit-elle.

— Quoi ? Je t'enlève tes bottes, répliqua-t-il d'un ton innocent. Tu ne veux pas te déchausser ?

Serena soupira. Elle était crevée d'un seul coup, vraiment naze.

— Si, bien sûr, répondit-elle.

Elle attrapa la télécommande et alluma la télévision pendant que Chuck lui enlevait ses bottes. *Dirty Dancing* passait sur TBS. Parfait.

Chuck entreprit de lui masser les pieds. C'était bon. Il mordit son gros orteil et lui embrassa la cheville.

— Chuck ! gloussa Serena en tombant à la renverse sur le canapé et en fermant les yeux.

La pièce tournait un peu. Elle tenait très mal l'alcool.

Chuck fit grimper ses mains le long de ses jambes. En l'espace de quelques secondes, ses doigts voguaient à l'intérieur de ses cuisses.

— Chuck, dit Serena en rouvrant les yeux et en s'asseyant. Ça te dérange si on reste assis sans rien faire ? On n'est pas obligés de faire quoi que ce soit, d'accord ? Restons juste sur le canapé et regardons *Dirty Dancing*. Tu sais, comme si on était entre filles.

Chuck rampa vers Serena sur les mains et les genoux jusqu'à ce qu'il se retrouve au-dessus d'elle et elle, coincée sous lui.

— Mais je ne suis pas une fille, rétorqua-t-il.

Il approcha son visage du sien et commença à l'embrasser. Sa bouche avait un goût de cacahuètes.

— Merde ! cria Olivia d'une voix perçante lorsque le portier l'appela à l'interphone en bas.

Elle était toujours habillée et venait de renverser de la cire de bougie rouge sur son tapis. Elle éteignit la lumière de sa chambre et se précipita dans la cuisine pour répondre à l'interphone.

— Oui, faites-le monter, dit-elle au portier.

Elle déboutonna son jean et repartit dans sa chambre en courant et en l'enlevant en même temps. Puis elle se déshabilla entièrement et fourra ses vêtements dans le placard. Nue, elle se vaporisa de son parfum préféré, partout, même entre les jambes.

Ooooh, vilaine fille !

Olivia examina son corps nu dans le miroir. Ses jambes étaient trop courtes par rapport au reste de son corps et ses seins, trop petits, ne transmettaient pas assez le message : « Regardez-moi ! » Son jean avait laissé une méchante trace rouge sur sa taille mais elle se voyait à peine à la lueur ténue de la bougie. Sa peau était encore belle et bronzée depuis l'été mais son visage faisait jeune et mort de frousse, pas aussi sexy qu'il était censé l'être. Et la pluie avait fait rebiquer ses cheveux dans un halo de frisottis. Olivia se rua dans la salle de bains et s'appliqua une couche du brillant à lèvres que Serena avait oublié sur son lavabo. Puis elle brossa ses longs cheveux châtains jusqu'à ce qu'ils tombent en cascade sur ses épaules, le plus érotiquement possible. Ça y était : irrésistibilité instantanée.

La sonnette de la porte d'entrée retentit. Olivia fit tomber sa brosse qui cliqueta bruyamment sur le lavabo.

— Attends ! cria-t-elle.

Elle respira un bon coup, ferma les yeux et récita une petite prière, même si elle n'était pas précisément du genre à prier.

Faites que ça se passe bien. C'était le mieux qu'elle pût faire.

Serena laissa Chuck l'embrasser un moment car il était lourd et elle n'arrivait pas à se débarrasser de lui. Tandis qu'il explorait l'intérieur de sa bouche avec sa langue, elle regarda Jennifer Grey barboter dans un lac en compagnie de Patrick Swayze. Enfin, Serena détourna la tête et ferma les yeux.

— Chuck, je me sens vraiment mal, dit-elle, feignant d'être à deux doigts de vomir. Ça te dérange si je m'allonge ici un moment ?

Chuck s'assit et s'essuya la bouche avec le revers de sa main.

— Bien sûr que non, répondit-il. C'est cool. (Il se leva.) Je vais te chercher à boire.

Chuck se rendit au petit bar à eau et remplit un verre de glace dans lequel il versa une bouteille d'eau Poland Spring.

Quand il apporta son verre d'eau à Serena, celle-ci dormait déjà. Sa tête avait sombré sur les coussins et ses longues jambes s'agitaient. Chuck se vautra sur le canapé à côté d'elle, attrapa la télécommande et changea de chaîne.

— Salut ! dit Olivia en entrouvrant très légèrement la porte et en passant la tête par l'entrebâillement.

— Salut ! répondit Nate, sa rose à la main.

Ses cheveux étaient mouillés et ses joues, rosées.

— Je suis nue, lui lança Olivia.

— Vraiment ? dit Nate, enregistrant à peine l'information. Je peux entrer ?

— Bien sûr, acquiesça Olivia en ouvrant un peu plus la porte.

Nate la fixa, frigorifié sur le pas de la porte.

Olivia rougit et croisa les bras autour de son corps.

— Je t'ai dit que j'étais nue.

Elle tendit le bras pour prendre la fleur.

Nate la lui colla dans la main.

— Je t'ai apporté ça, dit-il d'un ton bourru. (Puis il s'éclaircit la gorge et regarda par terre.) Je me déchausse ?

Olivia rit et ouvrit la porte en grand. Nate était nerveux, encore plus nerveux qu'elle. Qu'il était mignon !

— Déshabille-toi vite ! dit-elle. (Elle lui prit la main.) C'est bon. Viens.

Nate la suivit dans la chambre, ne faisant rien de ce que tout garçon aurait fait en temps normal, dans des circonstances similaires. Du style, mater le cul nu d'Olivia, penser aux capotes, s'inquiéter de sa mauvaise haleine, ou essayer de dire ce qu'il fallait dire. Il ne pensait quasiment pas.

La chambre d'Olivia n'était qu'une explosion de bougies. Une bouteille de vin rouge était débouchée par terre, avec deux verres à côté. Olivia s'agenouilla et leur servit un verre à chacun, telle une petite geisha. Elle était moins gênée d'être nue dans l'obscurité de sa chambre.

— Qu'est-ce que tu veux écouter comme musique ? lui demanda-t-elle en lui tendant un verre.

Nate vida son verre d'un trait, en déglutissant bruyamment.

— Musique ? Ce que tu veux. Je m'en fiche.

Naturellement, Olivia avait préparé sa compil de CD. Coldplay était le premier morceau qu'elle avait programmé parce qu'elle savait que Nate les aimait bien.

Doux et sexy, mon p'tit rocker !

Olivia avait tellement joué et rejoué le film de cet instant dans sa tête qu'elle eut l'impression d'être une actrice qui perçait enfin, qui jouait le rôle de sa vie.

Elle mit ses mains sur les épaules de Nate. Il essaya de ne pas la regarder mais c'était plus fort que lui. Elle était nue et elle était sublime. Elle était une fille, il était un garçon.

Des tas de chansons avaient été écrites là-dessus.

— Déshabille-toi, Nate, murmura Olivia.

Peut-être qu'après l'avoir fait, je lui dirai, songea Nate.

Ça n'était pas franchement honnête de sa part mais il l'embrassa tout de même. Et une fois qu'il eut commencé, il fut incapable de s'arrêter.

Lorsque Serena se réveilla quelques instants plus tard, Chuck avait changé de chaîne et regardait MTV 2, chantant à voix haute sur un morceau de Jay-Z. La robe Pucci de Serena était remontée au-dessus de sa taille et on voyait ses dessous de dentelle bleue.

Serena se redressa sur ses coudes et essuya les pâtés de brillant à lèvres qui s'étaient accumulés sur les coins de sa bouche. Elle redescendit sa robe.

— Quelle heure il est ? demanda-t-elle.

Chuck lui jeta un regard en coin.

— L'heure de nous désaper et de nous foutre au pieu, répondit-il, impatient.

Il avait attendu suffisamment longtemps.

Serena avait la tête lourde et mourait d'envie de boire un verre d'eau.

— Je me sens super mal, dit-elle en s'asseyant et en se frottant le front. Je veux rentrer chez moi.

— Allez, dit Chuck en éteignant brusquement la télé. On pourrait d'abord prendre un bon bain chaud. Ça te ferait du bien.

— Non, insista Serena.

— Bien, rétorqua Chuck, en colère. (Il se leva.) Y a de l'eau sur la table. Mets tes bottes. Je vais t'appeler un taxi.

Serena enfila ses bottes et regarda la pluie froide qui tombait par la fenêtre de la chambre d'hôtel.

— Il pleut, dit-elle en prenant une gorgée d'eau.

Chuck lui donna son illustre écharpe en cachemire bleu monogrammée *C.B.*

— Mets-la autour de ta tête, lui conseilla-t-il. Allez, on y va.

Serena prit son écharpe et suivit Chuck jusqu'à l'ascenseur. Ils descendirent en silence. Serena savait que Chuck était déçu qu'elle s'en aille mais elle s'en fichait. Elle n'avait qu'une seule hâte : prendre l'air et se coucher dans son lit.

Un taxi s'arrêta, le poster des frères Remi sur la boîte publicitaire sur le toit. Serena trouva que cela ressemblait à des lèvres en gros plan qui mimaient un baiser.

— C'est quoi ? plaisanta Chuck en montrant la photo du doigt. Mars ? (Il jeta un œil à Serena, sans la moindre once d'humour dans les yeux.) Non, c'est ton anus !

Serena le regarda en cillant. Elle ignorait s'il essayait d'être drôle ou s'il croyait réellement que c'était son anus sur la photo.

Chuck lui ouvrit la portière du taxi, et elle se glissa sur le siège arrière.

— Merci, Chuck, dit-elle d'un ton doux. On se voit plus tard, OK ?

— Si tu le dis ! répondit Chuck. (Il passa la tête dans le taxi et plaqua Serena contre le siège.) C'est quoi ton problème, au juste ? siffla-t-il. Tu baises avec Nate Archibald depuis la seconde et je parie que t'as fait ça avec tous les mecs du pensionnat. Et en France. Tu te prends pour qui ? Tu crois que t'es trop bien pour m'en tailler une ?

Serena regarda Chuck dans les yeux, le voyant pour la première fois tel qu'il était réellement. L'apprécier n'avait jamais été évident mais elle ne l'avait jamais encore détesté.

— Tant mieux, j'aurais pas voulu le faire avec toi de toute façon, poursuivit Chuck d'un ton méprisant. Paraît que t'as plein de MST !

— Casse-toi ! siffla Serena en mettant ses mains sur son torse pour le repousser.

Elle lui claqua la porte au nez et donna son adresse au chauffeur.

Quand le taxi démarra, Serena se ressaisit, regarda droit devant elle à travers le pare-brise éclaboussé de pluie. Quand il s'arrêta à un feu à l'angle de Broadway et de Spring, elle ouvrit la portière, se pencha au-dehors et vomit dans le caniveau.

Ça lui apprendrait à boire le ventre vide.

L'écharpe de Chuck, qui pendouillait autour de son cou, traîna dans la flaque de vomi rose sur le trottoir. Serena l'enleva, s'en servit pour s'essuyer la bouche et la fourra dans son sac.

— C'est dégueulasse, dit-elle en claquant violemment la portière.

— Un mouchoir, mademoiselle ? lui proposa le chauffeur en lui passant une boîte de Kleenex.

Serena sortit un mouchoir de la boîte et s'essuya la bouche.

— Merci, répondit-elle.

Puis elle se cala dans son siège et ferma les yeux, pleine de reconnaissance, comme toujours, envers la gentillesse des inconnus.

— Et si tu mettais une capote ? murmura Olivia, bouche bée devant l'érection de Nate, si grosse qu'on aurait dit qu'elle allait conquérir le monde.

Elle avait réussi à lui enlever tous ses vêtements et ils étaient allongés au lit sur les couvertures. Voilà presque une heure qu'ils se tripotaient. La chanson de Jennifer Lopez *Love Don't Cost A Thing* passait sur la chaîne stéréo et Olivia était de plus en plus excitée. Elle prit la main de Nate et lui lécha les doigts, les suçant goulûment un à un. Elle avait le sentiment que baiser serait encore meilleur que bouffer.

Nate roula sur le dos pendant qu'Olivia lui léchait les doigts. Passer chez Olivia l'avait rendu tellement nerveux qu'il n'avait pas dîné et commençait à avoir faim. Peut-être qu'en rentrant chez lui, il s'arrêterait au Mexicain prendre un burrito sur Lexington Avenue. Voilà ce dont il avait envie : d'un burrito au poulet et aux haricots noirs avec plein de guacamole.

Olivia mordit fort son petit doigt.

— Aïe ! s'écria Nate. (Son érection dégonfla comme si elle l'avait piqué avec une aiguille. Il s'assit et passa ses doigts dans ses cheveux.) Je ne peux pas faire ça, marmonna-t-il dans sa barbe.

— Quoi ? demanda Olivia en s'asseyant à son tour. Qu'est-ce qui ne va pas ?

Son cœur se serra. Ce n'était pas écrit dans le script. Nate était en train de gâcher un moment parfait.

Nate attrapa maladroitement la main d'Olivia et la regarda dans les yeux pour la première fois de toute la soirée.

— Il faut que je te dise quelque chose, fit-il. Je ne peux pas faire ça sans que tu le saches. Je me sens trop con.

À en juger par l'expression des yeux de Nate, Olivia comprit que le moment n'était pas seulement gâché, mais carrément ruiné.

— Quoi ? dit-elle doucement.

Nate se pencha et remonta les bords de la couette. Il drapa les épaules d'Olivia avec un côté et sa taille, avec l'autre. Ça ne semblait pas convenable de parler de ça alors qu'ils étaient nus tous les deux. Il reprit la main d'Olivia.

— Tu te souviens de l'été, pas celui-là mais l'autre, quand tu étais en Écosse, au mariage de ta tante ? commença Nate.

Olivia hocha la tête.

— Il faisait une putain de chaleur, cet été-là. J'étais en ville avec mon père et je glandais pendant qu'il allait à des rendez-vous et tout ça. Comme je m'embêtais, j'ai appelé Serena à Ridgefield et elle est venue.

Nate remarqua qu'Olivia se raidit dès qu'il mentionna le nom de Serena. Elle ôta sa main de la sienne et croisa les bras sur sa poitrine, les yeux brusquement méfiants.

— On a bu un peu et on s'est assis dans le jardin.

Il faisait si chaud que Serena s'est mise à s'éclabousser dans la fontaine, puis elle m'a éclaboussé. Et je pense que je me suis laissé emporter. Enfin, je…

Nate cherchait ses mots. Il se souvint que Cyrus Rose lui avait confié que les filles aimaient les surprises. Eh bien, Olivia n'allait pas être déçue et il était persuadé qu'elle n'apprécierait pas cette « surprise » le moins du monde.

— Et quoi ? demanda Olivia. Qu'est-ce qui s'est passé ?

— On s'est embrassés, dit Nate. (Il respira un bon coup et retint son souffle. Il ne pouvait pas en rester là. Il expira.) Et on a baisé.

Olivia ôta violemment la couette de ses épaules et se leva.

— J'en étais sûre ! hurla-t-elle. Qui n'a *pas* baisé avec Serena ? Cette *salope* ! Cette *saleté* ! Cette *pute* !

— Je suis désolé, Olivia, dit Nate. Mais ce n'était pas planifié ni rien. Ça s'est passé, c'est tout. Et qu'une seule fois, je te le promets. Je ne voulais pas que tu croies que c'était ma première fois, ce soir avec toi, alors que ce n'était pas le cas. Il fallait que je te le dise.

Olivia se dirigea d'un pas lourd vers la salle de bains et arracha son peignoir de satin rose à son crochet. Elle l'enfila et serra bien fort la ceinture.

— Casse-toi, bordel, Nate ! cria-t-elle, des larmes de colère ruisselant sur ses joues. Je veux plus te voir ! T'es pathétique !

— Olivia…, l'implora Nate.

L'espace d'une nanoseconde, il essaya de trouver quelque chose de charmant à dire. En temps normal, il n'avait aucun mal mais là, rien ne vint.

Olivia lui ferma violemment la porte de la salle de bains au nez.

Nate se leva et enfila son boxer-short. Kitty Minky passa la tête de sous le lit et le fixa, d'un air accusateur, ses yeux dorés de chat luisant sinistrement dans l'obscurité. Nate attrapa son jean, sa chemise, ses chaussures et se dirigea vers la porte d'entrée. Il avait hâte de s'envoyer son burrito.

La porte claqua violemment mais Olivia resta enfermée dans la salle de bains, debout devant le miroir, lançant un regard furieux à son reflet souillé de larmes. Le tube de brillant à lèvres de Serena se trouvait encore sur le lavabo, là où elle l'avait laissé. Olivia l'attrapa, les doigts tremblants. Gash[1], s'appelait-il. Quel nom affreux ! Évidemment, Serena pouvait se permettre de mettre du brillant à lèvres au nom horrible, de porter des collants troués et de vieilles chaussures crades, de ne jamais se couper les cheveux et malgré tout, se faire tous les mecs. L'ironie de la situation l'énerva et elle ouvrit la fenêtre de la salle de bains, jeta le brillant à lèvres dans la nuit et attendit de l'entendre atterrir sur le trottoir en bas. Mais elle n'entendit rien.

Sa tête était bien trop pleine, remplie du nouveau film sur lequel elle travaillait. Le film dans lequel la fabuleuse Serena van der Woodsen était renversée par un bus sur lequel était placardée sa photo à la con, et était affreusement estropiée. Sa vieille amie Olivia prendrait le temps, malgré sa vie bien remplie

1. *Gash* signifie « balafre ». *(N.d.T.)*

avec Nate, son mari qui l'adorait, de faire manger des poires broyées à Elephant Girl-Serena à la petite cuillère, et de lui parler de toutes les soirées auxquelles Nate et elle étaient allés. Serena grognerait et péterait en guise de réponse mais Olivia-la-charitable s'en ficherait bien. C'était le moins qu'elle pût faire. Tout le monde l'appellerait *Sainte Olivia* et elle raflerait des tas de récompenses pour son cœur d'or.

s & n vont-ils se rabibocher ?

Peu avant minuit, le taxi se gara devant le 994, 5e Avenue. De l'autre côté de la rue, les marches du Metropolitan Museum of Art étaient désertes, étincelant d'un blanc sinistre à la lueur des réverbères. Serena sortit du taxi et fit signe à Roland, le vieux portier de nuit qui somnolait dans l'entrée. La porte de l'immeuble s'ouvrit mais ce n'était pas Roland. C'était Nate.

— Nate ! s'écria Serena d'une voix perçante. Hé, tu pourrais me prêter cinq dollars ? Je n'ai pas assez de liquide. D'habitude, c'est le portier qui me dépanne mais là, j'ai l'impression qu'il dort.

Nate sortit un tas de billets de sa poche et en tendit quelques-uns au chauffeur. Il mit son doigt sur ses lèvres et s'approcha à pas de loup de la porte de l'immeuble. Puis il frappa violemment à la porte en verre. « Ohé ! » cria-t-il.

— Oh, Nate, fit Serena en riant. T'es vache !

Roland ouvrit les yeux d'un coup et faillit tomber de sa chaise. Puis il vint leur déverrouiller la porte ; Serena et Nate se précipitèrent à l'intérieur et prirent l'ascenseur pour monter chez Serena.

Serena le conduisit dans sa chambre où elle s'assit lourdement sur son lit.

— Tu as eu mon message ? demanda-t-elle à Nate en bâillant et en se déchaussant. Je pensais que tu viendrais ce soir.

— Je n'ai pas pu, répondit Nate.

Il prit la petite ballerine de verre juchée sur le coffre à bijoux en acajou de Serena. Elle avait des orteils minuscules, comme de petites pointes d'épingle. Il l'avait oubliée.

— Ça valait pas le coup de toute façon, soupira Serena. (Elle s'allongea sur le lit.) Je suis crevée, dit-elle. (Elle tapota le lit à côté d'elle et fit de la place à Nate.) Tu viens me raconter une histoire pour m'endormir ?

Nate reposa la ballerine et déglutit. Respirer l'odeur de la chambre de Serena et de Serena elle-même lui faisait mal au cœur. Il s'allongea à côté d'elle ; leurs corps se touchaient. Nate mit son bras autour de ses épaules et elle l'embrassa sur la joue, se pelotonnant contre lui.

— Je rentre de chez Olivia, lui dit Nate.

Mais Serena ne répondit pas. Elle respirait sans à-coups. Peut-être dormait-elle déjà.

Nate ne bougea pas, les yeux grands ouverts, l'esprit tournant à cent à l'heure. Il se demanda si Olivia et lui avaient officiellement rompu. Il se demanda comment Serena réagirait s'il l'embrassait tout de suite, sur les lèvres, et lui disait qu'il l'aimait. Il se demanda si tout se serait bien passé s'il n'avait rien dit à Olivia et avait couché avec elle.

Nate balaya la chambre du regard, tous ces objets bien-aimés qu'il avait pris l'habitude de voir et qu'il avait oubliés. L'ours en peluche en kilt venant d'Écosse, régnant en aristo sur la petite coiffeuse de Serena. L'immense armoire en acajou dont tous les tiroirs étaient à moitié ouverts et desquels toutes ses fringues dépassaient. La petite brûlure marron qu'il avait faite sur le ciel de lit blanc quand il était en troisième.

Par terre, près de la porte, se trouvait le sac à main de cuir rouge de Serena. Tout son contenu s'était renversé. Un paquet de Gauloises bleu. Un billet de vingt dollars. Une carte American Express. Et une écharpe bleu marine sur laquelle étaient cousues en or les initiales C.B.

Pourquoi avait-elle eu besoin de lui emprunter de l'argent si elle avait vingt dollars sur elle ? se demanda Nate. Et que faisait-elle donc en possession de l'écharpe de Chuck Bass ?

Nate se retourna sur le côté et Serena gémit doucement, tandis que sa tête roulait de nouveau sur l'oreiller. Il l'examina d'un œil critique. Elle était si belle, si sexy, si confiante, et si pleine de surprises. Difficile de croire qu'elle était réelle.

Serena tendit la main et passa les bras autour du cou de Nate, l'attirant contre elle.

— Viens, murmura-t-elle, les yeux toujours fermés. Viens te coucher avec moi.

Tout le corps de Nate se contracta. Il ne savait pas si Serena lui demandait simplement de venir dormir auprès d'elle ou de *coucher avec elle*. Mais il était complètement excité. N'importe quel garçon normalement constitué le serait à moins. Ce qui coupa toute envie à Nate.

Il y avait une certaine insouciance dans les paroles

de Serena. Nate n'eut d'un seul coup aucun mal à l'imaginer faire les choses qu'il avait entendues sur elle. Avec Serena tout était possible.

Un scintillement d'argent lui attira le regard. C'était la minuscule boîte en argent que Serena gardait sur sa table de nuit, dans laquelle se trouvaient ses dents de lait. Chaque fois qu'il venait chez elle, Nate avait l'habitude d'ouvrir la boîte ourlée de velours pour vérifier si aucune dent ne manquait. Mais pas cette fois. De toute évidence, Serena n'était plus la même petite fille que celle qui avait perdu toutes ces dents.

Nate se détacha de son étreinte et se releva. Il saisit brusquement l'écharpe de Chuck et la jeta sur le lit, sans s'apercevoir qu'elle était maculée de vomi. Puis, sans même un regard pour Serena, il sortit et claqua la porte derrière lui.

Dégonflé !

Quand la porte se referma, Serena ouvrit les yeux et respira l'odeur de sa propre gerbe. En proie à des haut-le-cœur, elle rejeta les couvertures et se précipita dans la salle de bains. Elle s'agrippa au bord du lavabo en porcelaine blanche et essaya de vomir, ses côtes lui faisant mal tellement elle se forçait. Mais rien ne sortit. Serena se fit couler une douche la plus chaude possible, ôta sa robe Pucci moite par la tête et la fit tomber par terre. Tout ce dont elle avait besoin, c'était d'une bonne douche bien chaude et d'un petit gommage.

Demain, elle serait comme neuve.

gossipgirl.net

thèmes ◄ précédent suivant ► envoyer une question répondre

Avertissement : tous les noms de lieux, personnes et événements ont été modifiés ou abrégés afin de protéger les innocents. En l'occurrence, moi.

salut à tous !

LA QUESTION DE LA VIRGINITÉ

Vous arrivez à comprendre ***N*** ? Il était à *deux doigts* de se payer une bonne tranche de la tarte ***O***, si vous voyez ce que je veux dire... J'imagine que nous sommes censées admirer son self-control, son aptitude à laisser son gros hot dog au four. Mais je parie que ça n'aurait pas trop dérangé ***O*** que ***N*** ferme sa gueule et aille jusqu'au bout au lieu de se la jouer homme d'honneur et de lui parler du bon temps qu'il avait pris avec ***S***. Du coup, avec qui ***O*** va-t-elle la perdre maintenant ?

Je me suis plantée à propos des garçons. J'avais toujours cru qu'ils feraient n'importe quoi pour se taper une pucelle. Je croyais que l'idée que ***O*** ne l'ait jamais fait aurait *plu* à ***N***. Mais apparemment, il n'en avait rien à foutre. Il n'avait qu'à coucher avec elle, mais non, il avait ce problème de conscience avec lequel il vivait si mal qu'il avait dû se fumer un gros pétard et descendre une demi-bouteille de JD. Que c'est décevant !

Non pas qu'il ait été super rapide pour sauter sur ***S*** non plus et nous savons tous qu'elle n'est plus vierge. Peut-être que ***N*** a tout simplement un grand sens moral. Oooh, ça me fait l'aimer encore plus !

Vos e-mails

Q: Salut Gossip Girl,

J'ai vu ***S*** monter avec un type au Tribeca Star ; elle était bourrée. J'ai été un peu tenté d'aller frapper à la porte pour voir s'il y avait une fiesta ou une défonce en vue mais je me suis dégonflé. Je voulais juste tes conseils. Tu crois que je pourrais me la faire ? Elle m'a l'air plutôt facile.

CouilleMolle

R: Cher CouilleMolle,

Si tu es le genre de mec à poser la question, alors non. ***S*** a beau être une pouffiasse, elle a beaucoup de goût.

GG

ON A VU

Juste ***N*** au resto de burrito de Lexington en train de draguer la jolie nana derrière le comptoir. Elle lui a donné du guacamole en rab. Gratuitement. Ouais, j'en suis sûre.

Vous m'adorez, ne dites pas le contraire.

gossip girl

quand les westsiders deviennent dingues de barneys

— Dan, murmura Jenny en frappant son frère à la poitrine. Réveille-toi !

Dan flanqua sa main sur ses yeux et donna des coups de pied à ses draps.

— Va-t'en ! C'est samedi, grogna-t-il.

— S'il te plaît, réveille-toi ! pleurnicha Jenny.

Elle s'assit sur le lit et lui donna des petits coups jusqu'à ce qu'il enlève son bras. Il lui lança un regard noir.

— C'est quoi ton problème ? râla Dan. Fous-moi la paix !

— Non, insista Jenny. On doit aller faire les magasins.

— Ah bon, répondit Dan.

Il roula sur le côté et tourna la tête vers le mur.

— S'il te plaît, Dan. Je dois trouver une robe pour la soirée de vendredi et il faut que tu m'aides. Papa m'a prêté sa carte de crédit. Il a dit que tu pourrais aussi t'acheter un smoking, gloussa Jenny. Vu qu'on va se transformer en gamins pourris gâtés qui ont besoin de smokings, de robes de soirée et de toute cette merde.

Dan se retourna.

— Je ne vais pas à cette soirée, dit-il.

— La ferme ! Si, tu y vas. Tu t'y rendras, tu rencontreras Serena et tu danseras avec elle. Je te la présenterai. Elle est carrément cool, radota joyeusement Jenny.

— Non, insista Dan, têtu.

— Tu pourrais au moins m'aider à choisir une robe, répéta Jenny en faisant la moue. Parce que j'y vais. Et je veux être belle.

— Papa ne peut pas t'accompagner ? s'enquit Dan.

— Ouais, bien sûr. J'ai dit que je voulais être belle, se moqua Jenny. Tu sais ce que m'a sorti papa ? Il m'a dit : « Va chez Sears. C'est le grand magasin des *prolétaires.* » Comprends ce que tu veux ; je sais même pas *où se trouve* Sears. Ni même si ça existe encore. Bref, je veux aller chez Barneys. Je n'arrive pas à croire que j'y suis jamais allée ! Je parie que des filles comme Serena van der Woodsen ou Olivia Waldorf y vont, je sais pas moi, tous les jours.

Dan s'assit dans son lit et bâilla bruyamment. Jenny était habillée, prête à partir, ses cheveux frisés attachés en queue-de-cheval. Elle avait même enfilé sa veste et ses chaussures. Elle était si mignonne et impatiente qu'il était difficile de lui dire non.

— T'es une chieuse de première, lança Daniel en se levant et en allant dans la salle de bains en titubant.

— Tu m'adores, ne dis pas le contraire, lui cria Jenny.

De l'avis de Daniel, Barneys était rempli de connards, y compris le mec qui lui avait ouvert la porte en le gratifiant d'un sourire hyper ringard. Mais Jenny était comme un poisson dans l'eau : elle avait beau y venir pour la première fois, elle semblait connaître le magasin comme sa poche. Elle savait qu'elle ne devrait pas s'attarder aux étages inférieurs, pleins de fringues de créateurs qu'elle ne pourrait jamais s'offrir, et se dirigea tout droit vers Co-op, au dernier étage. Et lorsque les portes de l'ascenseur s'ouvrirent, elle eut l'impression d'être morte et de se retrouver au paradis. Il y avait tant de robes sublimes sur portants qu'elle saliva rien qu'à les regarder. Elle voulait toutes les essayer mais naturellement elle ne pouvait pas.

Quand vous faites un 90 D, vous êtes quelque peu limitée. Et vous avez assurément besoin de *conseils*.

— Daniel, pourrais-tu aller demander à cette femme de m'aider à trouver ma taille ? murmura Jenny en caressant du bout des doigts un fourreau de velours violet, à la taille façon Empire et aux bretelles incrustées de perles.

Elle regarda l'étiquette. Six cents dollars.

— Nom de Dieu ! s'écria Dan en jetant un œil au prix par-dessus son épaule. Pas question !

— Je l'essaie juste pour me marrer, insista Jenny. Je ne l'achèterai pas. (Elle tint la robe devant elle. Le cache-corset recouvrirait à peine ses seins. Dans un soupir, Jenny remit la robe à sa place.) Pourrais-tu, s'il te plaît, demander à la jeune femme de m'aider ? répéta-t-elle.

— Pourquoi tu ne lui demandes pas toi-même ? rétorqua Dan.

Il fourra ses mains dans son pantalon en velours côtelé et s'adossa à un porte-chapeaux en bois.

— S'il te plaît ? fit Jenny.

— Bien.

Dan se dirigea à grandes enjambées vers une femme à l'air hagard aux cheveux blonds méchés. Elle avait tout de celle qui avait passé sa vie à travailler dans de grands magasins et ne partait en vacances qu'une fois par an, à Atlantic City, dans le New Jersey. Dan l'imagina sur la promenade en planches en train de fumer clope sur clope, des Virginia Slims, et de se demander, inquiète, comment les filles s'en sortaient sans elle au magasin.

— Puis-je vous aider, jeune homme ? lui demanda la femme.

« Maureen » était inscrit sur son badge.

Dan sourit.

— Bonjour. Pourriez-vous aider ma sœur à trouver une jolie robe ? Elle est là-bas.

Il lui montra Jenny du doigt ; elle examinait le prix d'une robe portefeuille en soie rouge, avec des manchettes de dentelle. Jenny avait ôté sa veste : elle était en T-shirt. Dan ne pouvait le nier : elle avait vraiment des seins énormes.

— Oui, bien sûr, dit Maureen en rejoignant Jenny d'un pas décidé.

Dan ne bougea pas et balaya la pièce du regard, se demandant ce qu'il fichait là. Derrière lui, il entendit une voix familière.

— J'ai l'air d'une nonne, maman, je te jure ! C'est n'importe quoi !

— Oh, Serena, fit une autre voix. Je trouve ça ravissant ! Et si tu déboutonnais un tout petit peu le col ? Voilà, comme ça. Tu vois ? Ça fait très Jackie O.

Daniel se retourna d'un coup. Une grande femme

d'âge mûr, avec le même teint que Serena, se tenait devant le rideau d'une cabine d'essayage. Le rideau était à moitié tiré et Dan aperçut un bout de la chevelure de Serena, de sa colonne vertébrale, de ses pieds nus, dont les orteils étaient vernis en grenat. Ses joues le brûlèrent et il fila vers l'ascenseur.

— Hé, Dan ! Où vas-tu ? lui cria Jenny.

Ses bras étaient déjà surchargés d'un tas de robes et Maureen farfouillait avec beaucoup de zèle parmi les portants tout en l'abreuvant de toutes sortes de bons conseils sur les soutiens-gorge de maintien, et les tout derniers sous-vêtements dernier cri qui mettaient la silhouette en valeur. Jenny était au septième ciel.

— J'vais jeter un œil au rayon hommes, marmonna Dan en regardant nerveusement vers le coin de la pièce où il avait entr'aperçu Serena.

— OK, dit Jenny gaiement. Je te retrouve là-bas dans trois quarts d'heure. Et si j'ai besoin d'aide, je t'appelle sur ton portable.

Dan opina du chef et sauta dans l'ascenseur dès que les portes s'ouvrirent. Quand il arriva au rayon hommes, il se dirigea d'un pas tranquille vers un comptoir où il vaporisa ses mains d'eau de Cologne Gucci, fronçant le nez quand il sentit la fragrance masculine italienne fort entêtante. Il parcourut du regard la pièce boisée et intimidante, à la recherche de toilettes où il pourrait se laver les mains. Mais il ne tomba que sur un mannequin en tenue de soirée à côté duquel se trouvait un portant rempli de smokings. Dan caressa le tissu somptueux des vestes et regarda les marques. Hugo Boss, Calvin Klein, DKNY, Armani.

Il s'imagina sortir d'une limousine, en smoking Armani, Serena à son bras. Ils descendraient nonchalamment le tapis rouge qui menait à la soirée, la musique résonnant fort autour d'eux, tout le monde se retournant sur leur passage en chuchotant des « Oh ! » d'admiration. Serena collerait sa bouche à l'oreille de Dan et lui murmurerait : « je t'aime ». Puis Dan s'arrêterait, l'embrasserait, la prendrait dans ses bras et la remmènerait à la limousine. Aux chiottes, la soirée ! Ils avaient mieux à faire.

— Puis-je vous aider, monsieur ? s'enquit un vendeur.

Dan se retourna brusquement.

— Non, je…

Il hésita et regarda sa montre. Jenny en avait pour une éternité et pourquoi devrait-il se priver ? Puisqu'il était là… Il attrapa le smoking Armani et le tendit au vendeur.

— Puis-je l'essayer dans ma taille ?

L'eau de Cologne avait dû lui monter à la tête.

Jenny et Maureen avaient complètement dévalisé les portants et Maureen, rempli une cabine d'essayage avec des dizaines de robes différentes, dans toutes les tailles. Le problème de Jenny, c'était qu'elle ne faisait qu'un petit 34 mais, à cause de sa poitrine, il lui fallait un bon 38. Maureen lui conseilla de trouver un compromis, d'opter pour un 36, d'agrandir le buste et de reprendre tout le reste.

Les premières robes furent une catastrophe. Jenny faillit bousiller la fermeture Éclair de l'une qui s'était accrochée à son soutien-gorge. Quant à la deuxième, ses seins l'empêchèrent même de rentrer dedans. La troisième était carrément indécente. La quatrième lui allait bien, pour ainsi dire, sauf qu'elle était orange vif et qu'elle portait une espèce de pli ridicule en plein milieu comme si quelqu'un l'avait tailladée avec un couteau. Jenny passa la tête par le rideau à la recherche de Maureen. À côté, Serena et sa mère sortaient de leur cabine pour passer en caisse.

— Serena ! cria Jenny sans réfléchir.

Serena se retourna et Jenny s'empourpra. Elle n'arrivait pas à croire qu'elle discutait avec Serena van der Woodsen alors qu'elle portait une robe orange électrique avec un pli ridicule en plein milieu.

— Salut, Jenny, fit Serena en la gratifiant d'un grand sourire doux.

Elle l'embrassa sur les deux joues. Jenny retint son souffle et s'accrocha au rideau pour se calmer. Serena van der Woodsen venait de l'embrasser !

— Waouh, mortelle, ta robe ! s'écria Serena. (Elle se pencha et murmura à l'oreille de Jenny :) Tu as bien de la chance que ta mère ne soit pas avec toi. Je me suis fait avoir et j'ai dû prendre la robe la plus laide au monde.

Serena la lui montra. C'était une longue robe noire, absolument sublime.

Jenny ne sut que dire. Elle aimerait bien être le genre de fille à se plaindre de faire du shopping avec sa mère. Elle aimerait bien être le genre de fille à se plaindre qu'une robe magnifique était laide. Mais ce n'était pas le cas.

— Tout va bien, mon petit ? demanda Maureen en la rejoignant à grandes enjambées et en lui rapportant une espèce de soutien-gorge sans bretelles pour qu'elle l'essaie avec sa robe.

Jenny prit le soutien-gorge et jeta un œil à Serena, les joues brûlantes.

— Je ferais mieux de continuer mes essayages, dit-elle. À lundi, Serena.

Elle tira le rideau de la cabine mais Maureen le rouvrit de quelques centimètres.

— C'est très joli, dit-elle en hochant la tête et en regardant la robe orange d'un air approbateur. Ça vous va très bien.

Jenny fit la grimace.

— Est-ce qu'elle existe en noir ? demanda-t-elle.

— Mais vous êtes beaucoup trop jeune pour porter du noir ! répliqua Maureen en fronçant les sourcils.

Jenny se renfrogna à son tour et lui rendit la pile de robes qu'elle ne prenait pas.

— Merci de votre aide, lança-t-elle.

Elle enleva sa robe orange par la tête d'un coup sec, puis son soutien-gorge en quatrième vitesse, et attrapa la robe de satin noir en stretch qu'elle avait choisie toute seule. Sans soutien-gorge, elle enfila la robe et la sentit l'engloutir. Quand elle leva les yeux, la petite Jenny Humphrey avait disparu de la cabine d'essayage. À sa place, se tenait une dangereuse bombe sexuelle, limite putain.

Il ne lui manquait plus que des talons de sept centimètres, un string, une couche de rouge à lèvres *Vamp* de Chanel et elle ferait des ravages. Aucune fille n'est *jamais* trop jeune pour porter du noir.

brunch du dimanche

Dimanche en fin de matinée, les marches du Metropolitan Museum of Art grouillaient de monde. Des touristes, pour la plupart, mais aussi des autochtones, venus faire une brève visite du musée pour frimer auprès de leurs amis et passer pour des gens cultivés.

À l'intérieur, un brunch était servi dans l'aile égyptienne pour tous les membres du conseil d'administration du musée ainsi que leur famille. L'aile égyptienne constituait un décor sublime pour les soirées nocturnes – scintillant d'or et de plantes exotiques, le clair de lune se reflétant somptueusement sur ses murs en verre modernes. Mais ce décor ne cadrait pas du tout avec un brunch. Œufs, saumon fumé et pharaons égyptiens momifiés ne faisaient franchement pas bon ménage. En outre, les murs obliques en verre ne filtraient pas le soleil matinal aveuglant qui multipliait par dix les effets de la moindre gueule de bois, même minime.

Mais qui avait inventé le brunch, au fait ? Le seul endroit décent où se trouver un dimanche matin, c'était dans son lit.

La salle regorgeait de grandes tables rondes et de

résidents de l'Upper East Side, propres comme un sou neuf. Eleanor Waldorf, Cyrus Rose, les van der Woodsen, les Bass, les Archibald et leurs enfants étaient tous là, installés autour d'une table. Olivia, l'air bougon, était assise entre sa mère et Cyrus Rose. Depuis vendredi, Nate avait, tour à tour, été cuit, défoncé puis ivre mort ; il était donc patraque et tout décoiffé comme s'il venait de se réveiller. Serena portait les nouveaux vêtements qu'elle avait achetés la veille avec sa mère et arborait une nouvelle coupe de cheveux, de douces mèches encadrant son visage. Elle était plus belle que jamais mais les six tasses de café qu'elle avait descendues la rendaient nerveuse et toute fébrile. Seul Chuck semblait en forme, sirotant allégrement son bloody mary.

Cyrus Rose partagea en deux son omelette au saumon et aux poireaux et la flanqua sur un petit pain de seigle noir.

— J'avais une de ces envies d'œufs ! dit-il en l'avalant goulûment. Vous savez, quand votre corps vous dit que vous avez besoin de quelque chose ? poursuivit-il, sans s'adresser à personne en particulier. Le mien hurlait : « Des œufs ! des œufs ! »

Et le mien hurle : « Ferme ta putain de gueule ! » songea Olivia.

Olivia avança son assiette vers lui.

— Tiens, prends les miens. Je déteste les œufs.

Cyrus repoussa son assiette.

— Non, tu es en pleine croissance. Tu en as plus besoin que moi.

— C'est vrai, Olivia, acquiesça sa mère. Mange tes œufs. C'est excellent pour ta santé.

— Il paraît que les œufs font briller les cheveux, ajouta Misty Bass.

Olivia secoua la tête.

— Je ne mange pas de déjections de poulet, insista-t-elle, bornée. Ça me donne envie de gerber.

Chuck tendit la main à travers la table.

— Alors je vais les manger si tu n'en veux pas.

— Voyons, Chuck, gloussa Mme Bass. Ne joue pas les goinfres !

— Elle a dit qu'elle en voulait pas, dit Chuck. Pas vrai, Olivia ?

Olivia avança son assiette vers lui, veillant bien à ne regarder ni Nate ni Serena assis à gauche et à droite de Chuck.

Serena était occupée à couper son omelette en petits carrés, comme des jetons de Scrabble. Puis elle entreprit de construire de grandes tours avec.

Nate l'observait du coin de l'œil. Il examinait aussi les mains de Chuck. Chaque fois qu'elles glissaient sous la nappe, bien hors de vue, Nate imaginait qu'elles tripotaient les jambes de Serena.

— Quelqu'un a lu le supplément du *Times* aujourd'hui ? demanda Cyrus en balayant la tablée du regard.

Serena releva brusquement la tête. Sa photo avec les frères Remi. Elle avait complètement oublié.

Elle serra les lèvres et se fit toute petite sur sa chaise, s'attendant à une enquête en bonne et due forme de la part de ses parents et des autres. Mais non. Ne jamais s'appesantir sur un sujet qui les gênait était une grande règle de leur code social.

— Peux-tu me passer la crème, Nate, mon chéri ? lui demanda la mère d'Olivia, tout en souriant à Serena.

Et ils en restèrent là.

La mère de Nate s'éclaircit la gorge.

— Comment s'annonce la soirée *Baiser sur les lèvres*, Olivia ? Êtes-vous prêtes, les filles ? s'enquit-elle en avalant son Seven-and-Seven d'un trait.

— Oui, tout est fini, la rassura poliment Olivia. On a enfin réglé cette histoire d'invitations. Et Kate Spade expédie les sacs cadeaux après les cours, jeudi.

— Je me souviens de tous ces bals que j'organisais à l'époque, dit Mme van der Woodsen d'un ton rêveur. Mais notre principale préoccupation était de savoir si les garçons viendraient. (Elle sourit à Nate et Chuck.) Vous n'avez pas ce souci, au moins, n'est-ce pas ?

— J'ai hâte d'y être, répondit Chuck en s'enfilant l'omelette d'Olivia.

— Je serai là, dit Nate.

Il jeta un œil à Olivia qui, cette fois, ne le quittait pas des yeux.

Nate portait le pull de cachemire vert qu'elle lui avait offert à Sun Valley. Celui où était cousu le cœur en or.

— Excusez-moi, lança Olivia.

Elle se leva d'un coup et quitta la table.

Nate lui emboîta le pas.

— Olivia ! cria-t-il, se frayant un chemin à travers les autres tables et ignorant son ami Jeremy qui lui faisait signe à l'autre bout de la pièce. Attends !

Sans se retourner, Olivia se mit à accélérer le pas, ses talons cliquetant sur le sol de marbre blanc.

Ils traversèrent le hall, direction les toilettes.

— Allez, Olivia. Je suis désolé, OK ? Est-ce que l'on peut parler, s'il te plaît ? cria Nate.

Olivia arriva devant la porte des toilettes pour dames, se retourna et l'entrouvrit d'un coup de fesses.

— Fous-moi la paix, d'accord ? rétorqua-t-elle sèchement avant de pénétrer à l'intérieur.

Nate resta un moment devant la porte, les mains dans les poches, réfléchissant. Ce matin, quand il avait enfilé le pull vert qu'Olivia lui avait offert, il avait découvert un petit cœur en or cousu dans une manche. C'était la première fois qu'il le remarquait, mais de toute évidence, c'était Olivia qui l'avait cousu. Pour la première fois, il comprit qu'elle était vraiment sincère quand elle disait qu'elle l'aimait.

C'était hyper passionné de sa part. Et hyper flatteur. Et quelque part, il se surprit à la désirer de nouveau. Toutes les filles ne cousaient pas un cœur en or sur vos vêtements.

Il avait raison, sur ce coup-là.

Serena mourait d'envie de faire pipi mais elle ne pouvait pas supporter de se retrouver aux W.-C. en même temps qu'Olivia. Mais quand, au bout de cinq minutes, Olivia et Nate n'étaient toujours pas revenus, Serena n'en pouvait plus. Elle se leva, direction les toilettes pour dames.

Des visages familiers la dévisagèrent lorsqu'elle passa devant leurs tables. Une serveuse lui offrit une coupe de champagne mais Serena la refusa d'un signe de tête et fila dans le hall de marbre jusqu'aux toilettes. Des pas lourds et rapides résonnèrent derrière elle. C'était Cyrus Rose.

— Dis à Olivia de se dépêcher si elle veut du dessert, d'accord ? lui demanda-t-il.

Serena hocha la tête et ouvrit la porte des W.-C. à

la volée. Olivia se lavait les mains. Elle leva les yeux, fixant le reflet de Serena dans le miroir au-dessus du lavabo.

— Cyrus te demande de te dépêcher si tu veux du dessert, dit-elle abruptement.

Elle pénétra dans une cabine et ferma violemment la porte. Elle se déshabilla et essaya de faire pipi, en vain. Pas quand Olivia était de l'autre côté de la porte.

Serena ne se reconnaissait pas. Combien de fois dans le passé Olivia et elle étaient-elles allées aux toilettes ensemble et avaient-elles discuté et ri tout en faisant pipi ? D'innombrables fois. Et voilà que la présence d'Olivia mettait Serena suffisamment mal à l'aise pour ne pas arriver à faire pipi ? C'était ce qu'on appelait de la torture mentale.

Une pause gênée et silencieuse s'ensuivit.

Vous ne détestez pas les pauses gênées ?

« OK », répondit Olivia à Serena avant de s'en aller.

La porte se referma d'un coup, Serena se détendit et commença à faire pipi.

Cyrus coinça Nate dans les toilettes pour hommes.

— Olivia et toi, vous êtes fâchés ? demanda-t-il.

Devant l'urinoir, il défit la fermeture Éclair de son pantalon.

Sacré veinard, Nate !

Nate haussa les épaules tout en se lavant les mains.

— Si on veut, répondit-il.

— Laisse-moi deviner, c'est à cause du sexe, pas vrai ? fit Cyrus.

Nate rougit et tira une serviette en papier du distributeur.

— Euh, si on veut..., répéta-t-il.

Il n'avait aucune envie d'entrer dans les détails.

Cyrus tira la chasse de l'urinoir et rejoignit Nate près des lavabos. Il se lava les mains et tripota sa cravate, rose électrique avec des têtes de lion jaunes. Très Versace.

Comprenez : très *vulgaire*.

— Les seuls motifs de dispute dans un couple sont le sexe et l'argent, fit remarquer Cyrus.

Nate restait planté devant le lavabo, les mains dans les poches.

— C'est vrai, mon grand. Je ne vais pas te faire la morale ni rien. C'est de ma future belle-fille dont il s'agit. Je ne vais sûrement pas t'expliquer comment lui enlever sa petite culotte.

Cyrus gloussa dans sa barbe et sortit des toilettes. Nate le fixa sans rien dire. Il se demanda si Olivia savait qu'il avait l'intention d'épouser sa mère.

Nate ouvrit le robinet et s'aspergea le visage d'eau froide. Il se regarda dans le miroir. Il avait veillé tard la nuit dernière, à jouer à des jeux-beuveries débiles sur *Tomb Raider*. Chaque fois qu'ils voyaient les mamelons d'Angelina Jolie, ils devaient boire. Il avait essayé de chasser ses pensées au sujet d'Olivia et Serena en picolant comme un trou et voilà que, aujourd'hui, il en payait le prix. Son visage était pâle, il avait des cernes violacés tirant sur le brun sous les yeux et ses joues étaient creuses. Il avait une sale gueule.

Dès que ce brunch à la con serait terminé, il irait dans le parc fumer au soleil et prendre quelques verres. *Le remède miracle*.

Mais il devrait d'abord flirter un peu avec Olivia. Suffisamment pour qu'elle ait de nouveau envie de lui.

Vas-y, mon gars !

Au lieu de retourner à sa table en sortant des toilettes, Olivia zigzagua à travers la salle à la recherche de Kati et d'Isabel.

— Olivia ! Par ici ! cria Kati en tapotant la chaise vide à côté d'elle.

Leurs parents et leurs amis faisaient du social dans la salle et les filles avaient la table à elles toutes seules.

— Tiens, dit Isabel en tendant à Olivia un verre rempli de champagne et de jus d'orange.

— Merci, fit Olivia en en prenant une gorgée.

— Jeremy Scott Tompkinson vient de venir nous voir pour essayer de nous convaincre de l'accompagner au parc, gloussa Kati. Il est plutôt mignon, tu sais, dans le genre Waspoïde.

Hé, cool le terme que tu viens d'employer !

Isabel se tourna vers Olivia et leva les yeux au ciel.

— Tu le trouves pas chiant, ce brunch ? Et à ta table, comment ça se passe ?

— Ne m'en parle pas ! répondit Olivia. Devinez avec qui je suis assise ?

Les deux autres ricanèrent ; elles n'avaient pas besoin de le lui demander.

— Tu as vu cette campagne d'affichage avec sa photo ? lui demanda Isabel.

Olivia hocha la tête et roula les yeux.

— Qu'est-ce que c'est censé être, au fait ? fit Kati. Son nombril ?

Olivia n'en avait aucune idée.

— Qu'est-ce que ça peut foutre ?

— Elle n'a pas honte, tenta Isabel. En fait, j'ai pitié d'elle.

— Moi aussi, acquiesça Kati.

— Eh bien, y a pas de quoi, répliqua Olivia d'un ton féroce.

Grrr.

Nate ouvrit la porte des toilettes pour hommes au moment même où Serena sortait de celles des femmes. Ils se rendirent ensemble à leur table.

— Nate, dit Serena en défroissant sa nouvelle jupe en daim marron, pourrais-tu m'expliquer pourquoi tu ne me parles pas ?

— Je ne te parle pas pas, rétorqua Nate. Tu vois, là je te parle.

— À peine, répliqua Serena. Qu'est-ce qui s'est passé ? Qu'est-ce qui ne va pas ? Olivia t'a dit quelque chose sur moi ?

Instinctivement, Nate mit sa main dans sa poche et caressa la flasque de whisky qu'il y avait planquée. Il fixa le sol de marbre, évitant le beau regard triste de Serena.

— On ferait mieux d'y aller, fit Nate en accélérant le pas.

— Bien, approuva Serena en traînant les pieds derrière lui.

Et la revoilà avec ce goût amer et salé au fond de la gorge : le goût des larmes. Elle les retenait depuis trop longtemps et sentait qu'un immense raz de marée s'annonçait. Elle n'allait pas tarder à éclater en sanglots et serait bien incapable de s'arrêter.

Lorsque Nate et Serena se rassirent à table, Chuck les gratifia d'un petit sourire narquois et entendu. *Alors, comment c'était ?* semblait dire son visage. Serena eut envie de le gifler.

Elle commanda une autre tasse de café et y versa

quatre cuillerées de sucre, le remua, le remua, le remua, le remua. Comme si elle essayait de creuser un trou dans la tasse, dans la sous-tasse, dans la table, dans le sol et de s'enterrer dans la tombe d'un vieux pharaon où elle pourrait pleurer à chaudes larmes et où personne ne la retrouverait.

Nate commanda un bloody mary.

— Cul sec ! lâcha allégrement Chuck en trinquant avec Nate et en vidant son verre d'un trait.

Olivia était de retour à table. Elle avait déjà dévoré sa crème brûlée et s'attaquait à celle de sa mère. C'était plein de déjections de poulets mais elle s'en fichait. Elle revomirait tout dans une minute de toute façon.

— Hé, Olivia, lança Nate d'un ton tellement doux qu'Olivia en lâcha sa cuiller dans un grand bruit. (Il lui sourit et se pencha à travers la table.) Ça a l'air super bon. Je peux goûter ?

La main d'Olivia s'agita nerveusement sur son cœur. Sexy Nate ! Son Nate. Dieu qu'elle le désirait ! Mais elle ne céderait pas aussi facilement. Elle avait sa fierté.

Olivia recouvra son sang-froid, avança son assiette vers lui, attrapa son verre et le descendit d'un trait.

— Tu peux finir, dit-elle. (Elle se leva.) Excusez-moi.

Puis elle partit dans un claquement de talons pour aller enfoncer son doigt dans sa gorge aux toilettes.

Quelle classe…

Avertissement : tous les noms de lieux, personnes et événements ont été modifiés ou abrégés afin de protéger les innocents. En l'occurrence, moi.

salut à tous !

J'ai trouvé ***S*** plutôt mignonne sur la photo du supplément du *Times* de dimanche. Quoique ses professeurs n'aient pas dû être ravis de la voir se taper un double martini un jour de classe. Pour vous dire la vérité, j'en suis revenue de toute cette histoire. Enfin, vous ne trouvez pas que ça suffit de voir sa photo partout, dès que vous prenez les transports ? Mais visiblement, *vous* n'en êtes pas encore revenus, vous.

Vos e-mails

Q: Salut gg,
Je suis allé à l'expo à la galerie et j'ai vu ta photo. Supersexy. J'aime bien ta rubrique aussi. Tu déchires !
Bigfan

R: Cher Bigfan,
Tant que tu n'es pas un vieux maniaque, je suis flattée.
GG

Q: Chère Gossip Girl,
Quand j'ai vu la photo de ***S*** dans le journal, j'ai eu un flash !! Et si c'était toi, ***S*** ??? Si oui, tu es très

sournoise. En plus, mon père t'adore et voudrait que tu écrives un livre. Il a des tas de contacts. Si tu me dis qui tu es, il pourra te faire devenir célèbre.
JNYHY

R: Salut JNYHY,
Sournoise toi-même ! Et sans me vanter ni rien, je suis célèbre dans mon genre. Enfin, plutôt tristement célèbre. Raison de plus pour que je ne te dise pas qui je suis.
GG

ON A VU

D, rapporter un sublime smoking **Armani** chez **Barneys** et en louer un beaucoup moins sublime dans une boutique ordinaire de tenues de soirée. Sa sœur, ***J***, acheter de la lingerie chez **La Petite Coquette** même si elle s'est dégonflée au dernier moment et n'a pas pris le string. ***N***, acheter un gros sac de hasch à Central Park. Pour une nouvelle… On a aussi vu ***O*** à l'institut de beauté **J Sisters** se faire faire une autre épilation du maillot. La précédente a dû commencer à la démanger. On a vu ***S***, les pieds à la fenêtre de sa chambre, faisant sécher son vernis à ongles. Je ne crois pas qu'elle ait jamais passé autant de temps chez elle de toute sa vie. Elle devrait peut-être adopter un chat, non ? Miaou.

DEUX QUESTIONS

Premièrement : si vous entendiez parler d'une soirée à laquelle vous n'êtes pas invités, vous n'iriez pas, juste pour emmerder le monde ? Moi, si.
Deuxièmement : si vous décidiez d'aller à cette soirée,

vous ne voudriez pas leur mettre le nez dans leur merde à tous ces gens, en leur montrant que vous êtes la plus canon et en piquant les petits copains de toutes les filles ? *Oh que si !*
Mais qui sait ce que ***S*** décidera de faire. Cette fille est pleine de surprises…

Au moins, avec tout ça, je nous donne matière à réfléchir quand nous soignerons nos pieds, épilerons nos sourcils et percerons nos boutons.
On se voit à la fête !

Vous m'adorez, ne dites pas le contraire.
gossip girl

un changement d'avis

— Horrible, horrible, horrible ! s'exclama Serena en faisant une boule de sa nouvelle robe noire qu'elle jeta sur son lit.

Une sublime robe Tocca ? Voyons, comment peut-elle être horrible ?

Tous les jours cette semaine, Serena avait enfilé son uniforme bordeaux, était allée en cours, rentrée chez elle, avait regardé la télé, dîné, reregardé la télé et était allée se coucher. Elle n'avait même pas fait ses devoirs. Elle n'avait parlé à personne, à part à ses parents et à ses professeurs et avait, au mieux, salué vite fait quelques filles à l'école. Elle commençait à se sentir à moitié *out*, l'ombre de celle qu'elle était auparavant, une fille que les gens avaient autrefois connue mais dont ils ne se souvenaient plus très bien. Et pour la première fois de toute sa vie, elle se sentait laide et mal à l'aise. Ses yeux et ses cheveux lui semblaient sans intérêt ; son sourire magnifique et sa coolitude avaient été bannis jusqu'à nouvel ordre.

C'était vendredi, jour de la soirée *Baiser sur les lèvres*. Et de la question à laquelle elle était incapable de répondre : y aller ou pas ?

Autrefois, juste avant des fêtes chic comme celle-ci,

Serena et ses amies passaient la moitié de la soirée à s'habiller de concert – en buvant avidement des gin tonics, en dansant en sous-vêtements et en essayant des tenues démentes. Mais ce soir, Serena fouillait seule dans sa garde-robe.

Il y avait ce jean déchiré à la jambe, quand elle s'était accrochée à une clôture en fil de fer à Ridgefield. Il y avait cette robe de satin blanc qu'elle avait portée pour le bal de Noël en troisième. La vieille veste en cuir de son frère. Ses tennis minables qu'elle aurait dû jeter voilà au moins deux ans. Et qu'est-ce que c'était que ça ? Un pull de laine rouge. Celui de Nate. Serena enfouit son visage dedans et le sentit. Il portait son odeur à elle, pas à lui.

Au fond du placard était planquée une robe des années vingt en velours noir que Serena avait achetée avec Olivia dans une boutique vintage. C'était une robe à porter quand vous buviez, dansiez, et faisiez tapisserie dans une immense maison bondée de gens qui s'amusaient bien. Elle rappela à Serena la fille qu'elle était et qui ne pensait qu'à s'éclater à l'époque où elle avait acheté cette robe – son ancien elle, la fille qu'elle était jusqu'à il y a deux semaines. Elle fit tomber son peignoir par terre et enfila sa robe par la tête. Peut-être lui rendrait-elle un peu de son pouvoir.

Pieds nus, elle se rendit à pas feutrés dans le dressing-room de ses parents qui se préparaient pour leur propre soirée « tenue de soirée exigée. »

— Qu'en pensez-vous ? s'enquit Serena en exécutant une petite pirouette devant eux.

— Oh, Serena, tu ne vas pas mettre *ça* ! Dis-moi que non ! s'exclama Mme van der Woodsen en attachant une longue rangée de perles autour de son cou.

— Qu'est-ce qui ne va pas ? dit Serena.

— C'est un vieux truc miteux, lui répondit Mme van der Woodsen. C'est le genre de robe dans lequel ma grand-mère a été enterrée.

— Et les tenues que tu as achetées avec ta mère le week-end dernier ? suggéra M. van der Woodsen. Tu n'as rien trouvé pour aller à la soirée ?

— Bien sûr que si ! répliqua Mme van der Woodsen. Elle a trouvé une ravissante robe noire.

— J'ai l'air d'une grosse nonne là-dedans, rétorqua Serena, bougonne. (Elle mit ses mains sur ses hanches et posa devant le miroir plain-pied de sa mère.) J'aime cette robe. Elle a du caractère.

Sa mère poussa un soupir réprobateur.

— Que met Olivia ce soir ? lui demanda-t-elle.

Serena dévisagea sa mère et cligna des yeux. En temps normal, elle aurait su en détail ce que portait Olivia, jusqu'à sa lingerie. Et Olivia aurait insisté pour qu'elles aillent acheter des chaussures ensemble, parce que si vous achetiez une nouvelle robe, vous deviez avoir une nouvelle paire de chaussures assortie. Olivia adorait les chaussures.

— Olivia a demandé à tout le monde de porter du vintage, mentit Serena.

Sa mère était sur le point de lui répondre lorsque Serena entendit le téléphone sonner dans sa chambre. Était-ce Nate qui l'appelait pour s'excuser ? Olivia ? Elle traversa le hall pieds nus à toute allure et décrocha juste à temps.

— Allô ? dit-elle, à bout de souffle.

— Salut, garce ! Désolé de pas avoir appelé plus tôt.

Serena reprit son souffle et s'assit sur son lit. C'était Erik, son frère.

— Salut, répondit-elle.

— J't'ai vue dans le journal dimanche. T'es incroyable, non ? fit Erik en riant. Qu'est-ce que maman a dit ?

— Rien. Comme si je pouvais faire ce que je voulais maintenant. Tout le monde croit que je suis, je sais pas moi, *finie*, quelque chose dans le genre, déclara Serena, s'efforçant de trouver les bons mots.

— C'est faux, dit Erik. Hé, qu'est-ce qui se passe ? Tu as l'air triste.

— Ouais, répondit Serena. (Sa lèvre inférieure se mit à trembler.) On peut dire ça comme ça.

— Pourquoi ? Qu'est-ce qui se passe ?

— Je ne sais pas. Il y a cette soirée à laquelle je suis censée aller et où tout le monde va. Tu sais ce que c'est, commença-t-elle.

— Ça ne m'a pas l'air trop nul, dit Erik d'un ton doux.

Serena cala ses oreillers contre la tête de son lit et se glissa sous son édredon. Elle posa sa tête dessus et ferma les yeux.

— C'est juste que plus personne ne me parle. Je ne sais même pas pourquoi mais depuis que je suis revenue, c'est comme si j'avais la maladie de la vache folle, quelque chose de ce genre, lui expliqua-t-elle.

Des larmes se mirent à ruisseler de sous ses paupières fermées.

— Et Olivia et Nate ? Ils doivent bien te parler, ces deux-là, dit Erik. Ce sont tes meilleurs amis.

— Plus maintenant, répliqua calmement Serena.

Un déluge de larmes inonda alors son visage. Elle prit un oreiller avec lequel elle tapota ses joues pour refouler les grandes marées.

— Eh bien, tu sais ce que j'en dis ? fit Erik.

Serena déglutit et s'essuya le nez sur le revers de sa main.

— Quoi ?

— Tu les emmerdes ! À fond ! T'as pas besoin d'eux. T'es la nana la plus cool de tout l'hémisphère Ouest. Tu les emmerdes, tu les emmerdes, tu les emmerdes, c'est tout.

— Ouais, répondit Serena d'un ton dubitatif. Mais ce sont mes amis.

— Plus maintenant. Tu viens de le dire. Tu peux te faire de nouveaux amis. Je suis sérieux, poursuivit Erik. Tu ne vas pas laisser ces enfoirés te transformer en enfoirée. Emmerde-les, c'est tout.

C'était du Erik tout craché. Serena rit, essuya son nez qui coulait sur un oreiller puis balança celui-ci dans sa chambre.

— OK, acquiesça-t-elle en s'asseyant. Tu as raison.

— J'ai toujours raison. C'est pour ça qu'on a tant de mal à me joindre. Les gens comme moi sont extrêmement demandés, dit-il.

— Tu me manques, lui avoua Serena en rongea son ongle.

— Toi aussi, répondit Erik.

« Serena ? On s'en va ! » hurla sa mère au loin dans le hall.

— OK, je ferais mieux d'y aller, dit Serena. Je t'aime.

— Bye.

Serena raccrocha. Au bout de son lit se trouvait l'invitation à la soirée *Baiser sur les lèvres* que Jenny lui avait faite. Elle la jeta dans sa corbeille à papiers.

Erik avait raison. Elle n'était pas obligée d'aller à

une soirée de charité débile sous prétexte que tout le monde y allait. Ils ne voulaient même pas d'elle. *Je les emmerde.* Elle était libre de faire ce qu'elle voulait.

Elle apporta le téléphone jusqu'à son bureau et farfouilla dans un tas de papiers jusqu'à ce qu'elle trouve l'annuaire des élèves de Constance Billard, arrivé au courrier de lundi. Serena lut les noms. Elle n'était pas la seule à zapper la soirée. Elle trouverait bien quelqu'un avec qui traîner ce soir.

le rouge ou le noir

— Ouais ? fit Vanessa en décrochant le téléphone.

Elle était prête à sortir avec sa sœur et ses amis. Elle portait un soutien-gorge noir, un jean noir et ses Doc Martens. Elle n'avait pas de T-shirt noir propre et sa sœur tentait de la convaincre d'en mettre un rouge.

— Salut ! C'est Vanessa Abrams ? fit une voix de fille au bout du fil.

— Oui. Qui est-ce ? dit Vanessa, debout devant le miroir de sa chambre, tenant le T-shirt devant sa poitrine.

Voilà deux ans qu'elle n'avait porté que du noir. Pourquoi commencer à mettre des couleurs aujourd'hui ?

Au secours ! Ce n'était pas comme si un T-shirt rouge allait la transformer en pom-pom girl pleine d'allant coiffée de nattes blondes ! Elle aurait besoin d'un bon lavage de cerveau pour cela.

— C'est Serena van der Woodsen.

Vanessa arrêta de se regarder et jeta son T-shirt sur son lit.

— Oh ! dit-elle. Qu'est-ce qui se passe ?

— Eh bien, répondit Serena. Je comprends parfaitement pourquoi tu as choisi Marjorie. Tu sais, pour ton film ? Mais tu as franchement l'air de savoir ce que tu fais et j'ai besoin d'une activité parascolaire sinon Mme Glos va me tuer. Je me suis donc dit que je pourrais peut-être essayer de réaliser mon propre film.

— Hum, hum, dit Vanessa, s'efforçant de deviner pourquoi Serena van der Woodsen l'appelait un vendredi soir. N'avait-elle pas un bal où aller ? Une fête ?

— Enfin bref, je me demandais si tu pouvais m'aider. Tu sais, me montrer comment on se sert de la caméra, et tout et tout. Enfin, je ne sais vraiment pas dans quoi je m'embarque, poursuivit Serena. (Elle soupira.) Je ne sais pas, peut-être que faire un film est une idée débile. C'est sûrement beaucoup plus dur que je le crois.

— Ce n'est pas débile, répliqua Vanessa ayant, malgré elle, quelque peu pitié de Serena. Je peux t'apprendre les bases.

— Vraiment ? s'étonna Serena. (Elle semblait ravie.) Pourquoi pas demain ? On peut le faire demain ?

Le samedi, Vanessa dormait toute la journée. Elle se réveillait en général après la tombée de la nuit pour aller au restau ou voir un film avec sa sœur ou Dan.

— Dimanche, c'est mieux, dit-elle.

— OK, dimanche, répondit Serena. Tu as probablement tout le matériel et tout ça chez toi, non ? Si tu veux, je viens pour que tu n'aies pas à tout trimballer ?

— Ça me va, accepta Vanessa.

— OK, répondit Serena.

Elle marqua une pause. Visiblement, elle n'était pas pressée de raccrocher.

— Hé, y a pas cette grosse soirée dans l'ancien magasin Barneys ce soir ? demanda Vanessa. Tu n'y vas pas ?

— Non. Je n'ai pas été invitée.

Vanessa hocha la tête, enregistrant l'information. Serena van der Woodsen n'était pas invitée ? Peut-être n'était-elle pas si nulle que ça, après tout.

— Tu veux sortir avec nous ce soir ? lui proposa Vanessa sans même s'en rendre compte. Ma grande sœur et moi allons dans un bar à Williamsburgh. Son groupe joue.

— Avec grand plaisir, répondit Serena.

Vanessa lui indiqua l'adresse du Five & Dime, le bar où jouait sa sœur, et raccrocha.

Comme la vie était étrange ! Un jour vous vous curiez le nez et vous mangiez des beignets, et le lendemain vous traîniez avec Serena van der Woodsen. Elle prit le T-shirt rouge, l'enfila par la tête et se regarda dans le miroir. Elle avait l'air d'une tulipe. Une tulipe avec une tête noire coiffée en brosse.

— Ça plaira à Dan, lui dit sa sœur Ruby, debout sur le pas de la porte.

Elle tendit à Vanessa un tube de rouge à lèvres rouge foncé. *Vamp*.

— Eh bien, Dan ne vient pas ce soir, dit Vanessa en gratifiant sa sœur d'un sourire narquois. (Elle tamponna le rouge à lèvres et se frotta les lèvres l'une contre l'autre.) Il doit accompagner sa petite sœur à une espèce de bal chic.

Elle vérifia une fois de plus son reflet dans le miroir. Le rouge à lèvres agrandissait ses yeux noisette et le T-shirt était plutôt cool, à condition d'être du genre à vouloir se faire remarquer et d'aimer le tape-à-l'œil.

Vanessa avança sa poitrine et sourit d'un air coquin à son reflet. *Peut-être que j'aurai de la chance*, se dit-elle. Ou peut-être que non.

— Un pote va nous rejoindre, lança Vanessa à sa sœur.

— Garçon ou fille ? s'enquit Ruby en pivotant sur elle-même pour regarder son cul dans le miroir.

— Fille.

— Nom ? insista Ruby.

— Serena van der Woodsen, marmonna Vanessa.

— La fille dont la photo est placardée dans toute la ville ? s'écria Ruby, visiblement enchantée.

— Ouais, c'est elle, répondit Vanessa.

— Eh bien, je parie qu'elle est cool, poursuivit Ruby en mettant du gel sur son épaisse frange brune.

— Peut-être, rétorqua Vanessa. On verra bien.

baiser sur les lèvres

— Quelles fleurs fantastiques ! s'exclama Becky Dormand, une élève de première de Constance. (Elle embrassa Olivia sur les deux joues.) Et quelle robe sexy !

— Merci, Beck, répondit Olivia en baissant les yeux sur le fourreau de satin vert qu'elle portait.

Elle avait eu ses règles ce matin mais elle devait porter des dessous extrêmement fins sous sa robe. Ça la rendait nerveuse.

Un serveur passa avec un plateau de champagne. Olivia attrapa une flûte en quatrième vitesse et la descendit en quelques secondes. Elle en était déjà à sa troisième coupe.

— J'adore tes chaussures, lança Olivia à Becky.

Celle-ci portait des sandales noires à talons hauts, lacées jusqu'aux genoux. Elles allaient parfaitement avec sa robe noire courte style tutu et sa queue-de-cheval super haute. Elle avait l'air d'une ballerine droguée à l'acide.

— J'ai hâte de voir les sacs cadeaux, s'écria Laura Salmon d'une voix perçante. C'est bien Kate Spade, pas vrai ?

— Il paraît que, à l'intérieur, ils ont même mis un

préservatif qui brille dans le noir, gloussa Rain Hoffstetter. C'est cool, hein ?

— Sauf que tu n'en auras aucune utilité, rétorqua Olivia.

— Qu'est-ce que t'en sais ? répliqua Rain, vexée.

« Olivia ? »

Olivia entendit quelqu'un l'appeler d'une voix tremblotante. Elle se retourna et vit la petite Jenny Humphrey derrière elle – Wonderbra humain dans une petite robe de satin noir.

— Oh, salut, dit Olivia d'un ton froid. Merci encore d'avoir fait les invitations. Elles sont vraiment super.

— Merci de m'avoir *laissé* les faire, répondit Jenny.

Elle jetait des regards furtifs dans la salle immense qui bourdonnait de gens, de musique et de fumée. Dans toute la salle, des bougies noires d'un mètre de haut tremblotaient dans de grandes coupes en verre ornées de plumes de paon et d'orchidées blanches fort odorantes. Jenny n'avait jamais rien vu d'aussi cool de toute sa vie.

— Mon Dieu, je ne connais personne ! poursuivit-elle d'un ton nerveux.

— C'est vrai ? fit Olivia.

Jenny avait-elle l'intention de *la* coller toute la soirée ? se demanda Olivia.

— Non. Mon frère Dan était censé m'accompagner mais il n'en avait pas envie et m'a juste déposée. En fait, si. Je connais une seule personne, rectifia Jenny.

— Oh, fit Olivia. Et qui ça ?

— Serena van der Woodsen, gazouilla Jenny. On réalise un film ensemble. Elle te l'a pas dit ?

Juste alors, une serveuse brandit un plateau de

sushis sous le nez d'Olivia. Celle-ci en choisit un gros au thon qu'elle fourra dans sa bouche.

— Serena n'est pas encore arrivée, dit-elle en le mâchant goulûment. Mais je suis sûre qu'elle sera ravie de te voir.

— OK. Je crois que je vais l'attendre ici alors, dit Jenny en saisissant au vol deux flûtes de champagne sur le plateau d'un serveur. (Elle en tendit une à Olivia.) Veux-tu attendre avec moi ?

Olivia prit la coupe, pencha la tête en arrière et la descendit cul sec. Les écœurantes bulles sucrées ne se mariaient pas super bien avec les algues et le poisson cru qu'elle venait d'engloutir. Elle rota, en proie à des haut-le-cœur.

— Je reviens de suite, lança-t-elle à Jenny, en se précipitant au petit coin.

Jenny but une gorgée de champagne et contempla le lustre de cristal au plafond, se félicitant d'être venue. C'était exactement ce qu'elle avait toujours désiré. Elle ferma les yeux et finit sa flûte. Lorsqu'elle les rouvrit, elle vit des étoiles mais toujours pas de Serena.

Un nouveau serveur passa avec d'autres coupes de champagne et Jenny en prit deux. Elle avait déjà bu un peu de bière et de vin chez elle avec son père mais jamais de champagne. C'était merveilleusement bon.

Attention ! Ce ne sera pas aussi merveilleux de dégueuler à genoux dans ta salle de bains !

Jenny balaya la salle du regard à la recherche d'Olivia. En vain. Il y avait beaucoup trop de monde. Et elle eut beau reconnaître quelques visages, il n'y avait personne avec qui elle était suffisamment à l'aise pour aller papoter. Mais Serena arriverait bientôt. Forcément.

Jenny alla s'asseoir au pied de l'escalier de marbre. De là, elle avait une vue d'ensemble, y compris de la porte. Elle attendit en buvant ses deux flûtes de champagne, regrettant que sa robe soit aussi moulante. Elle commençait à se sentir nauséeuse.

— Bonjour ! fit une voix grave qui flottait au-dessus d'elle.

Jenny leva les yeux. Ils se posèrent sur le visage de pub pour après-rasage de Chuck Bass. Elle retint son souffle. C'était le plus beau mec qu'elle avait jamais vu et il *la* regardait !

— Tu ne me présentes pas ? dit Chuck en fixant la poitrine de Jenny.

— À qui ? demanda Jenny en fronçant les sourcils.

Chuck rit et lui tendit la main. Quand Olivia l'avait envoyé discuter avec une nana, il avait été sceptique. Mais plus maintenant. Quel décolleté elle avait ! C'était assurément son soir de chance.

— Je m'appelle Chuck. Tu danses ?

Jenny hésita et jeta un œil furtif à la porte. Toujours pas de Serena. Puis son regard se reposa sur Chuck. Elle n'arrivait pas à croire qu'un type aussi beau et aussi sûr de lui veuille danser avec *elle*. Mais elle n'avait pas mis de robe noire sexy pour rester assise sur les marches toute la nuit. Elle se leva, les jambes quelque peu flageolantes pour avoir descendu autant de champagne.

— Bien sûr. Dansons, répondit-elle d'une voix pâteuse en s'affalant contre la poitrine de Chuck.

Il glissa son bras autour de sa taille et la serra bien fort.

— Brave fille, lui dit-il, comme s'il s'adressait à un chien.

Quand elle se rendit sur la piste de danse d'un pas chancelant, Jenny réalisa que Chuck ne lui avait même pas demandé son prénom. Mais il était beau et la fête était si fantastique ! Cette soirée resterait sûrement l'une des plus mémorables de sa vie.

Elle ne croyait pas si bien dire.

le five & dime

— Je prends toujours un rhum Coca, confia Vanessa à Serena. Sauf si je prépare des cocktails dans des petits verres. Mais tu peux boire ce que tu veux ici. Ils ont tout.

Ruby passait la commande. Comme elle faisait partie du groupe, leurs boissons étaient gratuites.

— J'ai envie de changer, dit Serena d'un ton songeur. Et si je prenais une petite vodka avec un Coca à côté ? demanda-t-elle à Ruby.

— Bon choix, approuva Ruby.

Ruby était brune, coiffée cool au carré, avec une frange très courte et portait un pantalon de cuir vert foncé. Elle avait l'air du genre de fille qui prenait soin d'elle n'importe où et n'importe quand. Son groupe s'appelait SugarDaddy et elle était la seule fille. Elle était bassiste.

— Et n'oublie pas ma cerise ! lui cria Vanessa quand elle alla chercher leurs boissons.

— Ta sœur est géniale ! dit Serena.

Vanessa haussa les épaules.

— Ouais, reconnut Vanessa. Elle me fait chier mais bon… Tout le monde me sort des trucs du genre :

« Ruby est si cool ! » Et moi, je me dis : « Et moi ? Et moi ? J'existe ? »

Serena rit.

— Je comprends ce que tu veux dire. Avec mon frère aîné, c'est pareil. Il va à Brown et tout le monde l'adore. Mes parents adhèrent à fond à tout ce qu'il fait et maintenant que je suis rentrée du pensionnat, c'est du genre : « Ah ? Nous avons une fille ? »

— Exactement, acquiesça Vanessa.

Elle n'arrivait pas à croire qu'elle avait une conversation aussi ridiculement normale avec Serena van der Woodsen.

Ruby leur apporta leurs boissons.

— Désolée, les filles, faut que j'aille me mettre en place, leur annonça-t-elle.

— Bonne chance, dit Serena.

— Merci, ma belle, répondit Ruby.

Elle attrapa son étui à guitare et partit rejoindre les membres de son groupe.

Vanessa n'en revenait pas ; Ruby n'appelait jamais personne « ma belle » à part Tofu, sa perruche. Serena avait sûrement le don d'attendrir le cœur des gens. Vanessa commençait même à l'apprécier quelque peu. Elle trinqua avec Serena.

— À nous, les super nanas ! dit-elle, sachant que ça faisait un peu lesbienne sur les bords mais s'en foutant royalement.

Serena rit et siffla son petit verre de vodka Stoli. Elle se frotta les yeux puis cilla à plusieurs reprises. Un type débraillé en smoking trop grand pour lui pénétrait dans le bar. Il s'arrêta sur le pas de la porte et fixa Serena comme s'il venait de voir un fantôme.

— Hé ! C'est pas ton ami Dan, là-bas ? demanda Serena à Vanessa en le montrant du doigt.

Dan était en smoking pour la première fois de sa vie. Il s'était senti plutôt classe quand il l'avait mis mais ça n'avait pas suffi à le convaincre de se taper la soirée *Baiser sur les lèvres*. Donc, quand Jenny l'avait laissé zapper la fête, il avait décidé de passer au Five & Dime pour s'excuser auprès de Vanessa d'avoir réagi aussi connement quant à l'histoire de Marjorie.

Il avait essayé de se persuader que ce ne serait pas grave s'il ne revoyait probablement plus jamais Serena van der Woodsen. Après tout, se disait-il, la vie était fragile et absurde.

La vie était absurde, en effet. *Parce que Serena était là*. À Williamsburg, en plus ! La fille de ses rêves.

Dan avait l'impression d'être Cendrillon. Il fourra ses mains dans ses poches pour qu'elles ne tremblent plus et essaya de planifier ce qu'il allait faire. Il rejoindrait Serena et lui proposerait d'une voix suave de lui offrir un verre. Dommage que la seule chose suave chez lui fût sa tenue. Et elle aurait pu être deux fois plus suave s'il avait gardé le smoking Armani de chez Barneys.

— Salut ! dit Dan d'une voix chevrotante lorsqu'il arriva à leur table.

— Qu'est-ce que tu fais ici ? lui demanda Vanessa.

Elle n'arrivait pas à croire à son manque de bol. Pourquoi les choses se passaient-elles aussi mal ? Devrait-elle rester assise toute la soirée à tenir la chandelle et à regarder Dan se pâmer d'admiration devant Serena ?

Désolée, ma chérie.

— J'ai zappé cette soirée *Baiser sur les lèvres*. Ce n'est vraiment pas mon truc, expliqua Dan.

— Moi non plus, fit Serena en lui souriant comme personne ne lui avait encore jamais souri.

Dan s'agrippa au dos de la chaise de Vanessa pour ne pas perdre l'équilibre.

— Salut ! dit-il d'un ton timide.

— Tu te souviens de Serena, reprit Vanessa. Elle est dans ma classe à Constance.

— Salut, Dan, répondit Serena. Joli smoking.

Dan rougit et regarda sa tenue.

— Merci, dit-il. (Il leva de nouveau les yeux.) Et cette robe, elle est… jolie… aussi, bégaya-t-il.

Était-ce possible d'avoir l'air encore plus con ? se demanda-t-il.

— Et *mon* T-shirt ? répliqua Vanessa haut et fort. Tu m'as déjà vue aussi sexy ?

Dan contempla le T-shirt de Vanessa. C'était un T-shirt rouge. Pas très excitant.

— Il est neuf ? lui demanda-t-il, confus.

— Peu importe, soupira Vanessa, tournant impatiemment sa cerise au marasquin dans son verre.

— Prends une chaise, dit Serena en se déplaçant pour lui faire de la place. Le groupe de Ruby va jouer dans une minute.

Les rumeurs ne pouvaient raisonnablement pas être fondées. Serena n'avait rien d'une maniaque camée à mort ni d'une bête de sexe. Elle était fragile, parfaite, excitante. Une fleur des champs sur laquelle vous tombiez par hasard à Central Park. Dan voulait qu'ils se tiennent la main et se murmurent des mots doux toute la nuit.

Il s'assit à côté d'elle. Ses mains tremblaient si fort

qu'il dut s'asseoir dessus pour qu'elles se tiennent tranquilles. Il avait tellement envie d'elle.

Le groupe commença à jouer.

Serena finit sa vodka.

— Tu en veux une autre ? s'empressa de lui proposer Dan.

Serena secoua la tête.

— Ça va, dit-elle en s'asseyant bien confortablement sur sa chaise. Écoutons juste la musique un moment.

— D'accord, répondit Dan.

Tant qu'il était à côté d'elle, il ferait n'importe quoi.

*comme d'habitude, **o** est aux toilettes et **n** est défoncé*

— Salut tout le monde ! cria haut et fort Jeremy Scott Tompkinson en ouvrant à la volée les portes de l'ancien magasin Barneys.

Comme d'habitude, Nate, Jeremy, Anthony et Charlie avaient fumé un gros pétard avant la soirée. Nate était complètement raide et quand il vit Olivia, la main à la bouche, se frayer un chemin à travers la foule, il se mit à rire sottement.

— Qu'est-ce qui te fait rire, crétin ? demanda Anthony en donnant un coup de coude dans les côtes de Nate. Il s'est encore rien passé.

Nate se passa la main sur le visage et s'efforça d'avoir l'air grave mais c'était difficile de rester sérieux dans une salle remplie de types habillés en pingouins et de filles en robes sexy. Il savait qu'Olivia était en train de dégobiller aux toilettes, comme d'habitude. La question était : devrait-il aller à sa rescousse ? C'était le genre de chose que devrait faire un gentil petit ami inquiet.

Vas-y fonce ! Tu sais que tu veux le faire !

— Le bar est là-bas, dit Charlie en leur ouvrant la voie.

— Je vous rejoins plus tard, les mecs, dit Nate en se frayant un chemin à travers la piste de danse bondée.

Il esquiva Chuck Bass qui ondulait son entrejambe de façon suggestive contre le cul d'une gamine aux cheveux châtains frisés et au décolleté vertigineux puis se dirigea vers les toilettes pour dames.

Mais Olivia ne se trouvait pas aux toilettes. Avant d'avoir pu y arriver, elle s'était fait alpaguer par une femme d'âge moyen en tailleur Chanel rouge, sur lequel était épinglé le badge « Sauvez les faucons ! ».

— Olivia Waldorf ? fit la femme en lui tendant la main et la gratifiant de son plus beau sourire spécial soirée de charité. Rebecca Agnelli, de la Fondation pour la Protection des Faucons Pèlerins de Central Park.

Pour un mauvais timing…

Olivia fixa la main de la femme. La main droite d'Olivia était collée à sa bouche, retenant le vomi qu'elle allait expulser d'une minute à l'autre. Elle commença à ôter sa main pour serrer celle de la femme mais, juste à ce moment-là, un serveur passa avec des brochettes de poulet épicé grésillant. Olivia eut des haut-le-cœur.

Olivia serra les lèvres pour empêcher son dégueulis de suinter aux coins de sa bouche et changea de main, flanquant la gauche à sa bouche et tendant la droite à la femme.

— C'est merveilleux de faire enfin votre connaissance ! s'écria la femme en lui serrant la main. Je ne pourrais jamais assez vous remercier pour tout ce que vous avez fait.

Olivia hocha la tête et retira sa main. Trop, c'était

trop. Elle ne pouvait tenir plus longtemps. Elle jeta des coups d'œil furtifs à travers la salle comble, cherchant désespérément de l'aide.

Il y avait Kati et Isabel, qui dansaient ensemble. Anthony Avuldsen, qui distribuait des comprimés d'ecstasy. Jeremy Scott Tompkinson, près du bar, qui essayait d'apprendre à Laura Salmon et à Rain Hoffstetter à faire des ronds de fumée. Chuck, qui serrait le petit Génie si fort qu'on aurait dit que ses seins allaient exploser.

Tous les figurants étaient là mais où était son premier rôle, son sauveur ?

— Olivia ?

Elle se retourna et vit Nate qui se frayait un chemin à travers la foule pour la rejoindre. Ses yeux étaient injectés de sang, son visage flasque et ses cheveux, ébouriffés. Il tenait pas plus d'un second rôle quelconque que du rôle principal.

Était-ce le seul choix qui s'offrait à elle ? Nate ?

Olivia n'avait pas grand choix. Elle ouvrit les yeux en grand, implora l'aide de Nate en silence et pria pour qu'il fût à la hauteur.

Mme Agnelli fronça les sourcils et se retourna pour voir ce qu'Olivia regardait. Celle-ci en profita pour filer et Nate arriva juste à temps.

Dieu merci, il était complètement raide !

— Nate Archibald, fit Nate, en serrant la main de la femme. Ma mère est une grande fan de ces faucons.

Mme Agnelli rit et s'empourpra légèrement. Quel charmant jeune homme !

— En effet, dit-elle. Votre famille a toujours été très généreuse avec notre fondation.

Nate attrapa deux flûtes de champagne sur un plateau et lui en tendit une. Il leva son verre.

— Aux oiseaux ! dit-il en trinquant avec elle et en tentant de réprimer un début de fou rire.

Mme Agnelli rougit de nouveau. Ce garçon était trop mignon !

— Hé ! Ces deux filles ont aussi contribué à organiser la soirée, poursuivit Nate en montrant du doigt Kate et Isabel qui faisaient tapisserie au bord de la piste de danse, comme à l'accoutumée.

Il leur fit signe d'approcher.

— Salut Nate, dit Kati en titubant sur des talons aiguilles de dix centimètres.

Isabel se cramponnait à sa boisson et dévisagea l'étrange femme aux côtés de Nate.

— Salut, dit-elle. *J'adore* ton tailleur.

— Merci, ma chérie. Je suis Rebecca Agnelli de la Fondation pour la Protection des Faucons Pèlerins de Central Park, dit la femme.

Elle tendit la main à Isabel qui lui ouvrit les bras pour lui faire une étreinte avinée.

— Excusez-moi, lança Nate.

Il tira sa révérence sur-le-champ.

— Olivia ? cria Nate en poussant prudemment la porte des toilettes pour dames. Tu es là ?

Olivia était accroupie dans la cabine du fond.

— Merde, dit-elle doucement en s'essuyant la bouche avec du papier toilettes.

Elle se releva et tira la chasse.

— J'arrive dans une minute, lui répondit-elle en espérant qu'il s'en irait.

Mais Nate ouvrit la porte des W.-C. en grand et

pénétra à l'intérieur. Sur une table près des lavabos se trouvaient de petites bouteilles d'Evian, du parfum, de la laque, de l'Advil et de la lotion pour les mains. Il déboucha une bouteille d'eau et secoua quelques Advil dans sa main.

Olivia ouvrit la porte de la cabine.

— Tu es encore là, dit-elle.

Nate lui tendit les pilules et l'eau.

— Je suis encore là, répéta-t-il.

Olivia avala les pilules et sirota lentement l'eau.

— Je vais bien, dit-elle. Tu peux retourner à la fête.

— Tu es belle, dit-il, ignorant sa remarque.

Il tendit la main et caressa l'une des épaules nues d'Olivia. Sa peau était chaude et douce et Nate aurait souhaité qu'ils s'allongent au lit ensemble et s'endorment comme ils l'avaient toujours fait.

— Merci, fit Olivia. (Sa lèvre inférieure se mit à trembler.) Toi aussi tu es beau.

— Je suis désolé, Olivia, poursuivit Nate. Sincèrement désolé.

Olivia hocha la tête et éclata en sanglots. Nate tira une serviette en papier du distributeur et la lui donna.

— Je pense que la seule raison pour laquelle j'ai fait ça… Enfin… j'ai fait ça avec Serena, c'était parce que je savais qu'elle serait partante, dit-il, cherchant les mots justes. Mais c'était de toi dont j'ai eu envie tout le long.

Bien joué !

Olivia déglutit. Il avait dit les mots qu'il fallait, exactement comme elle l'avait écrit dans le script dans sa tête. Elle passa les bras autour du cou de Nate et le laissa la prendre dans ses bras. Ses fringues sentaient le hasch.

Nate la repoussa et plongea son regard dans le sien.

— Alors tout va bien maintenant ? dit-il. Tu veux toujours de moi ?

Olivia vit leur reflet dans le miroir des toilettes puis replongea son regard dans les superbes yeux verts de Nate. Elle fit oui de la tête.

— Mais à condition que tu me promettes de rester loin de Serena, renifla-t-elle.

Nate entortilla une mèche des cheveux d'Olivia autour de son doigt et respira son parfum. Que c'était bon d'être là comme ça et de la tenir dans ses bras ! Il se sentit capable d'assurer. Maintenant et peut-être pour toujours. Il n'avait pas besoin de Serena.

Il hocha la tête.

— Je te le promets.

Puis ils s'embrassèrent – un baiser triste et doux. Dans sa tête, Olivia entendit le crescendo d'une musique annonçant la fin de la scène. Elle avait commencé cahin-caha mais, au moins, elle se finissait bien.

— Viens, dit-elle en se dégageant de son étreinte et en essuyant les pâtés de mascara sous ses yeux. Allons voir ce qui se passe.

Main dans la main, ils sortirent des W.-C. Kati Fargas les gratifia d'un sourire entendu quand elle les croisa en entrant aux toilettes d'un pas chancelant.

— Hé ! Vous deux ! les gronda-t-elle. Prenez une chambre !

s et d s'éclatent

— Ce groupe déchire ! cria Serena à Vanessa par-dessus le martèlement de la batterie et le grattement de la basse.

Les yeux brillants, elle trémoussait son cul dans sa chaise. Dan avait du mal à respirer normalement. Il avait à peine touché à son verre.

Vanessa sourit, ravie que Serena apprécie la musique. Personnellement, elle la détestait, même si elle ne l'avait jamais avoué à sa sœur Ruby. SugarDaddy faisait danser et transpirer des gens qui secouaient leur corps dans tous les sens et ce n'était pas du tout le truc de Vanessa.

Elle préférait s'allonger dans le noir et écouter des chants grégoriens ou autre chose. *Yeehaw !*

— Venez ! lança Serena. Allons danser !

Vanessa secoua la tête.

— C'est bon, dit-elle. Allez-y.

— Dan ? proposa Serena en le tirant par la manche. Viens !

Dan ne dansait jamais, au grand jamais. Il était nul et avait l'impression de se donner en spectacle. Il hésita, jeta un œil à Vanessa qui fronça ses sourcils foncés, le mettant au défi. « *Si tu te lèves et que tu vas danser, tu te retrouveras directement en tête de ma liste des* losers », disait son expression.

Dan se leva.

— Bien sûr, pourquoi pas ?

Serena le prit par la main et se fraya un chemin dans la foule qui ondulait de façon suggestive, Daniel la suivant en trébuchant. Puis Serena se mit à danser, les bras au-dessus de la tête, balançant ses pieds devant elle et secouant les épaules. Elle, elle savait danser.

Dan levait et baissait la tête, et agitait les genoux au rythme de la musique sans la quitter des yeux.

Serena attrapa les hanches de Daniel, les balança d'avant en arrière puis de côté, mimant ce que les siennes faisaient toutes seules. Daniel rit et Serena sourit puis ferma les yeux, elle s'éclatait comme une folle. Dan ferma aussi les yeux, laissant son corps suivre le sien. Peu importait qu'il dansât comme un débile léger ou qu'il fût le seul dans le bar à être en smoking – probablement le seul de Williamsburg. Il était *avec elle*. Et c'était tout ce qui comptait.

Toute seule à sa table, Vanessa finit d'abord son verre puis celui de Dan. Ensuite elle se leva et alla s'asseoir au bar.

— Joli T-shirt, observa le barman dès qu'il la vit.

Vingt ans à peine, il était roux, avait de longues rouflaquettes et un sourire craquant et coquin. Sa sœur disait toujours qu'il était hyper mignon.

— Merci, dit Vanessa en lui rendant son sourire.

— Tu devrais mettre du rouge plus souvent, poursuivit-il. (Il lui tendit la main.) Clark. Tu es Vanessa, n'est-ce pas ? La sœur de Ruby ?

Vanessa hocha la tête. Elle se demanda s'il était gentil avec elle tout simplement parce qu'il aimait sa sœur.

— Je peux te confier un secret ? fit Clark.

Il versa différents ingrédients dans un shaker de martini et secoua le tout.

Oh, putain, songea Vanessa. *Voilà qu'il va vider son cœur et me dire qu'il est amoureux de Ruby depuis toujours mais qu'elle ne l'a jamais remarqué. Il va me demander de jouer les entremetteuses et patati et patata.*

— Quoi ? dit-elle.

— Eh bien, répondit Clark, je vous vois, Ruby et toi, tout le temps ici.

Ça commence, se dit Vanessa.

— Et tu ne viens jamais discuter au bar avec moi. Mais j'ai craqué pour toi dès que je t'ai vue.

Vanessa le dévisagea. Est-ce qu'il plaisantait ?

Clark versa le mélange du shaker dans un tout petit verre puis pressa quelques citrons verts. Il l'avança vers elle.

— Essaie ça, dit-il. C'est pour la maison.

Vanessa prit le verre et goûta. Ça avait un goût sucré et amer à la fois, et elle ne sentit pas du tout l'alcool. C'était bon.

— Comment ça s'appelle ? s'enquit-elle.

— Embrasse-moi, répondit Clark, extrêmement sérieux.

Vanessa reposa son verre et se pencha par-dessus le bar. Serena et Dan pouvaient très bien trémousser leur joli cul, pour ce qu'elle en avait à foutre ! On allait l'embrasser.

Le D.J. de *Baiser sur les lèvres* venait de rompre avec son petit copain avec qui il était resté quatre ans et n'arrêtait pas de passer en boucle des chansons d'amour et des slows tristes. Des couples aux tenues sublimes oscillaient, collés serrés, sur les riffs solitaires, bougeant doucement sous les lumières douces. Une odeur d'orchidées, de cire de bougie, de poisson cru et de cigarette flottait dans l'air et cette soirée était empreinte d'une sophistication paisible tant familière qu'inattendue. Ce n'était certes pas la grosse teuf rock'n roll que certains attendaient mais ce n'était pas non plus une mauvaise soirée. Il restait encore plein de trucs à picoler, rien n'avait pris feu et les flics ne s'étaient pas pointés pour contrôler les identités. En plus, l'année ne faisait que commencer ; il y avait des tas d'autres soirées en perspective.

Olivia dansait avec Nate, sa joue sur sa poitrine, les yeux fermés, les lèvres du jeune homme effleurant le sommet de son crâne. Elle avait mis son cerveau en mode « pause » et sa tête était pleine de parasites. Elle en avait marre de se faire des films. En ce moment, la vraie vie lui convenait parfaitement.

Quelques couples plus loin, Chuck avait fort à faire avec Jenny Humphrey. Jenny espérait que le D.J. accélère le tempo. Elle essayait de danser aussi vite que possible afin d'empêcher Chuck de la tripoter mais cela créait l'effet inverse. Chaque fois qu'elle bougeait les épaules, ses seins sortaient de sa robe et le frappaient en plein visage.

Chuck était aux anges. Il mit ses bras autour de la taille de Jenny et l'attira contre lui, sortant de la piste en dansant, direction les toilettes pour dames.

— Qu'est-ce qu'on fait ? s'enquit Jenny, confuse.

Elle le regarda droit dans les yeux. Elle savait que Chuck était ami avec Serena et Olivia et voulait lui faire confiance. Mais Chuck ne lui avait toujours pas demandé son prénom. Il ne lui avait quasiment pas adressé la parole.

— Je veux juste t'embrasser, répondit Chuck.

Il pencha la tête et enveloppa sa bouche de la sienne, collant sa langue contre ses dents avec une telle force qu'elle haleta. Jenny ouvrit la bouche et le laissa enfoncer sa langue dans sa gorge. Elle avait déjà embrassé des garçons, joué à des jeux dans des soirées. Mais elle n'avait jamais roulé de pelle telle que celle-ci. *Est-ce que c'est censé se passer comme ça ?* se demanda-t-elle, quelque peu effrayée. Elle repoussa le torse de Chuck puis sa tête : elle manquait d'air.

— Il faut que j'aille aux toilettes, marmonna-t-elle en marchant à reculons jusqu'à une cabine et en verrouillant la porte derrière elle.

Elle vit les pieds de Chuck qui l'attendait derrière la porte.

— Très bien, dit Chuck, mais je n'en ai pas encore fini avec toi.

Jenny s'assit sur le siège des toilettes mais sans relever sa robe et fit semblant de faire pipi. Puis elle se leva et tira la chasse.

— Fini ? cria Chuck.

Jenny ne répondit pas. Son esprit tournait à cent à l'heure. Que faire ? Elle chercha anxieusement son téléphone portable dans son petit sac à main noir.

Chuck s'accroupit pour regarder sous la porte de la cabine. Que foutait-elle là-dedans, cette petite allumeuse ? Il rampa sur les mains et les genoux.

— Très bien, dit-il. J'arrive.

Jenny ferma les yeux et s'adossa à la porte de la cabine. Rapidement, elle appuya sur les touches de son téléphone pour composer le numéro de Dan, priant pour qu'il réponde.

Le groupe de Ruby jouait son dernier morceau et Serena et Dan étaient en nage. Dan avait appris de nouveaux mouvements et était en plein milieu d'une glissade expérimentale de côté en donnant des coups de bassin lorsque son portable sonna.

— Zut, maugréa-t-il en le sortant de sa poche.

Il l'ouvrit d'un coup.

« Dan ! » C'était la voix de sa sœur. « Je… »

— Salut, Jen ! Ne quitte pas, OK ? Je n'entends rien. (Il tapota le bras de Serena et lui montra son téléphone.) Désolé, cria-t-il par-dessus la musique. (Il repartit vers la table et mit la main sur son oreille libre.) Jenny ?

— Dan ? (Sa voix semblait toute petite, terrorisée et très lointaine.) J'ai besoin de ton aide. Tu peux venir me chercher ?

— Maintenant ? fit Dan.

Il leva les yeux. Serena s'avançait vers lui, une ride d'inquiétude creusant son visage parfait.

— Tout va bien ? demanda-t-elle silencieusement.

— S'il te plaît, Dan ? le supplia-t-elle.

Elle avait l'air bouleversé.

— Qu'est-ce qui ne va pas ? lui demanda-t-il. Tu ne peux pas prendre un taxi ?

— Non, je…, dit Jenny. (Puis sa voix s'estompa.) Viens me chercher, d'accord, Dan ? finit-elle à la hâte.

Puis elle raccrocha.

— Qui c'était ? demanda Serena.

— Ma petite sœur, répondit Dan. Elle est à la soirée. Elle veut que j'aille la chercher.

— Et tu y vas ?

— Ouais. Je crois que ça vaut mieux. Elle était un peu bizarre.

— Je viens avec toi, proposa Serena.

— Très bien, répondit Dan en la gratifiant d'un sourire timide. (Cette soirée se passait de mieux en mieux.) Ce serait cool.

— Nous ferions mieux de l'annoncer à Vanessa, dit Serena en se dirigeant vers le bar.

Dan lui emboîta le pas. Il avait oublié Vanessa. Mais visiblement, elle prenait du bon temps à discuter avec le barman.

— Hé, Vanessa, fit Serena en lui touchant le bras, Dan vient d'avoir un coup de fil de sa sœur. Il faut qu'il aille la chercher à la soirée.

Vanessa se retourna lentement. Elle s'attendait à ce que les yeux de Clark se posent sur Serena. Que ses globes oculaires enregistrent : « super canon » en caractères gras, comme les cerises sur une machine à sous. Mais Clark ne regarda Serena que comme une cliente ordinaire.

— Qu'est-ce que je te sers ? demanda-t-il en posant un rond de verre sur le bar devant elle.

— Oh rien, merci, dit Serena. (Elle se tourna vers Vanessa.) Je pars avec Dan.

— Hé, Serena, on ferait mieux d'y aller, cria Dan d'un ton insistant derrière eux.

Vanessa se retourna pour le regarder, attendant impatiemment Serena. Sa langue pendouillait pratiquement de sa bouche.

— OK, passe une bonne fin de soirée, dit Serena.

(Elle se pencha et embrassa Vanessa sur la joue.) Dis à Ruby que je l'ai trouvée géniale.

Puis elle s'éclipsa pour rejoindre Dan.

— À plus, Vanessa ! cria Dan, sur le départ.

Vanessa se retourna vers Clark sans rien dire. Elle avait hâte de l'embrasser de nouveau et d'oublier Dan et Serena qui disparaissaient ensemble dans la nuit.

— Qui c'était ? demanda Clark en posant ses coudes sur le bar.

Il prit une olive dans une assiette et la tint devant les lèvres de Vanessa.

Vanessa mordit l'olive et haussa les épaules.

— Des gens que je connais pas bien.

s reprend espoir

Dan héla un taxi et tint la portière à Serena. L'air d'octobre était vif, sentait le sucre brûlé et Dan eut brusquement le sentiment d'être mature et très classe – un homme en smoking qui fait une virée en ville en compagnie d'une fille sublime. Il se glissa sur la banquette à côté d'elle et regarda ses mains lorsque le véhicule démarra. Elles ne tremblaient plus.

Aussi incroyable que cela pût paraître, il avait touché Serena avec *ces* mains quand ils dansaient. Et voilà qu'il se retrouvait seul avec elle dans un taxi ! S'il le désirait, il pourrait lui prendre la main, lui caresser la joue, voire l'embrasser. Il scruta son profil, sa peau brillant à la lueur jaune des réverbères mais ne put se résoudre à le faire.

— Dieu que j'aime danser ! s'exclama Serena en se reposant sur l'appui-tête. (Elle paraissait complètement détendue.) Je pourrais danser toutes les nuits, sérieusement !

Dan hocha la tête.

— Ouais, moi aussi, répondit-il.

Mais seulement avec toi, voulait-il ajouter.

Seule une fille comme Serena pouvait faire dire à

un type balourd et maladroit dans ses mouvements qu'il adorait danser.

Ils poursuivirent leur route en silence, savourant cette sensation de fatigue dans leurs jambes et l'air frais qui entrait par la fenêtre ouverte, rafraîchissant leurs fronts où perlait la transpiration. Qu'ils ne se parlent pas n'avait rien de bizarre. C'était agréable.

Lorsque le taxi s'arrêta devant l'ancien magasin Barneys sur la 17e Rue, Dan pensait trouver Jenny en train de les attendre dehors mais le trottoir était désert.

— Je crois que je vais devoir rentrer la chercher, fit Dan. (Il se tourna vers Serena.) Tu peux rentrer chez toi. Ou attendre…

— Je viens avec toi, dit Serena. Autant voir ce que j'ai loupé.

Dan paya le chauffeur de taxi. Ils descendirent et se dirigèrent vers la porte.

— J'espère qu'ils vont nous laisser entrer, chuchota Serena. J'ai jeté mon carton.

Dan sortit de sa poche l'invitation toute froissée que Jenny lui avait faite et la présenta rapidement au videur à la porte.

— Elle est avec moi, lança-t-il en passant son bras autour de Serena.

— Allez-y, dit le videur en leur faisant signe d'entrer.

Elle est avec moi ? Dan n'arrivait pas à croire quelles couilles il avait ! Il n'aurait jamais cru qu'elles étaient aussi énormes.

— Je ferais mieux de chercher ma sœur, dit-il à Serena quand ils se retrouvèrent à l'intérieur.

— OK, acquiesça-t-elle. Rendez-vous ici dans dix minutes.

La salle grouillait de vieux visages familiers. Tellement familiers que personne ne savait précisément si Serena van der Woodsen venait d'arriver ou si elle avait dansé toute la nuit ici. Elle avait franchement l'air de s'éclater. Ses cheveux étaient tout décoiffés, sa robe glissait sur ses épaules, ses collants étaient filés et ses joues, toutes roses, comme si elle venait de piquer un sprint. Elle avait l'air tout excitée, genre la fille qui avait tout vécu, tout fait et bien plus encore.

Olivia remarqua Serena sur-le-champ, debout au bord de la piste de danse dans cette vieille robe bizarre qu'elles avaient achetée ensemble chez Alice Underground.

Olivia se détacha de l'étreinte de Nate.

— Regarde qui est là, dit-elle.

Nate se retourna et attrapa la main d'Olivia dès qu'il aperçut Serena, comme pour lui prouver son attachement.

Olivia serra fort sa main à son tour.

— Pourquoi tu ne vas pas lui dire ? lui demanda-t-elle. Lui dire que tu ne peux plus être ami avec elle.

Son estomac gargouillait de nervosité. Après tout ce qu'elle avait dégueulé, elle avait bien besoin d'un autre rouleau de printemps au thon.

Nate fixa Serena, avec une volonté inflexible, une volonté d'éméché. Si Olivia tenait tant à ce qu'il aille dire à Serena qu'elle n'existait plus, alors il le ferait. Il avait hâte d'en avoir terminé avec tout cela pour pouvoir se détendre. En fait, quand il aurait parlé à

Serena, il chercherait à l'étage une pièce tranquille où s'enfermer pour se rouler un pétard.

Règle numéro 1 du Waspoïde : quand les choses deviennent intenses, fumez un joint.

— Très bien, dit Nate en relâchant la main d'Olivia. J'y vais.

— Salut ! lança Serena. (Elle leva le bras et embrassa Nate sur la joue. Il rougit. Il ne s'était pas attendu à ce qu'elle le touche.) Tu es mââââgnifique, chéri ! s'exclama-t-elle en prenant un accent prétentieux idiot.

— Merci, répondit Nate. (Il essaya de mettre ses mains dans les poches mais son smoking n'en avait pas. Quelle tenue débile !) Alors, quoi de neuf ? demanda-t-il.

— Eh bien, j'ai séché la soirée en quelque sorte, lui expliqua-t-elle. J'ai dansé toute la nuit dans ce bar de dingues à Brooklyn.

Nate haussa les sourcils de surprise. Mais là encore, rien de ce que disait Serena n'aurait dû l'étonner.

— Alors, tu veux danser ? lui demanda Serena.

Elle passa les bras autour du cou de Nate avant même qu'il ne réponde et se mit à onduler des hanches.

Nate jeta un coup d'œil furtif à Olivia qui les observait attentivement et se ressaisit.

— Écoute, Serena, dit-il en reculant d'un pas et en la repoussant. Je ne peux vraiment pas… Tu sais… Être ami avec toi… Pas comme avant, commença-t-il.

Serena plongea son regard dans le sien d'un air inquisiteur, tentant de lire ses véritables pensées.

— Qu'est-ce que j'ai fait ? lui demanda-t-elle. J'ai fait quelque chose de mal ?

— Olivia est ma petite copine, poursuivit Nate. Je dois… Je dois lui être fidèle. Je ne peux pas… Je ne peux vraiment pas…

Il déglutit.

Serena croisa les bras sur sa poitrine. Si seulement elle pouvait détester Nate pour être aussi cruel et aussi minable. Si seulement il n'était pas aussi beau. Et si seulement elle ne l'aimait pas.

— Bien. Alors arrêtons immédiatement de discuter, fit Serena. Olivia risquerait de péter un plomb.

Elle laissa retomber ses bras sur ses côtes et tourna brusquement les talons.

Quand Serena traversa la salle, ses yeux croisèrent ceux d'Olivia. Elle s'arrêta net et fouilla dans son sac, cherchant le billet de vingt dollars qu'Olivia avait laissé sur la table au Tribeca Star. Elle voulait le lui rendre. Comme si, quelque part, cela prouverait qu'elle n'avait rien fait de mal. Ni ce soir ni jamais. Ses doigts tombèrent sur ses cigarettes. Elle en sortit une qu'elle fourra entre ses lèvres. La musique était de plus en plus forte et, autour d'elle, tout le monde dansait. Serena sentait qu'Olivia ne la quittait pas des yeux et ses mains tremblèrent quand elle chercha du feu dans son sac. Comme d'habitude, elle n'en avait pas. Elle secoua la tête, contrariée, puis leva les yeux sur Olivia. Et, au lieu de se regarder méchamment, les deux filles se sourirent.

C'était un sourire étrange et aucune ne savait ce que ce sourire signifiait pour l'autre.

Olivia souriait-elle parce qu'elle avait réussi à se mettre Nate dans la poche et piétiné les jolies chaussures de soirée de Serena ? Parce que, comme toujours, elle était parvenue à ses fins ?

Serena souriait-elle parce qu'elle était mal à l'aise ? Nerveuse ? Ou parce qu'elle ne s'était pas abaissée à la mesquinerie d'Olivia, aux rumeurs méchantes qu'elle colportait, et au fait qu'elle manipulait Nate ?

Ou s'agissait-il d'un sourire triste, marquant la fin de leur amitié ?

Peut-être souriaient-elles parce que toutes les deux savaient pertinemment que, quoi qui se passe par la suite – quel que soit le mec de qui elles tombent, ou pas, amoureuses, quelles que soient les fringues qu'elles portent, les notes qu'elles obtiennent à leurs examens d'entrée à l'université ou la fac dans laquelle elles rentrent – tout irait bien pour elles deux.

Après tout, dans le monde dans lequel elles vivaient, tout s'arrangeait toujours tout seul.

Serena ôta la cigarette de sa bouche, la jeta par terre et avança vers Olivia. Quand elles se retrouvèrent face à face, elle s'arrêta et sortit le billet de vingt dollars de son sac.

— Tiens, dit-elle en donnant à Olivia. Il est à toi.

Puis, sans rien ajouter, elle poursuivit son chemin en direction des toilettes pour se rafraîchir le visage.

Olivia posa les yeux sur le billet dans sa main et cessa de sourire.

Plus loin près de la porte, Rebecca Agnelli de la Fondation pour la Protection des Faucons Pèlerins de Central Park enfilait tout juste son manteau de vison et embrassait Kati et Isabel pour leur dire bonsoir. Olivia les rejoignit et lui fourra le billet de vingt dollars dans la main.

— C'est pour les oiseaux, lança Olivia avec son sourire le plus faux. Et n'oubliez pas votre sac cadeau !

Serena ouvrit le robinet et s'aspergea longuement le visage d'eau fraîche. C'était si agréable qu'elle avait envie d'enlever toutes ses fringues et de sauter dedans.

Elle s'adossa à la rangée de lavabos et tapota son visage pour le sécher. Son regard fut attiré par terre où elle remarqua une paire de chaussures Richelieu noires, les franges d'une écharpe bleue et un sac à main de fille noir.

Serena roula les yeux et alla devant la cabine.

— Chuck ? C'est toi ? demanda-t-elle par l'entrebâillement de la porte. Qui est avec toi ?

Une fille haleta.

« Merde », dit Chuck. Serena l'entendit.

Chuck avait fait monter Jenny sur le couvercle des W.-C. et avait baissé sa robe pour pouvoir tripoter ses énormes nichons. Serena était arrivée au pire moment.

Chuck entrouvrit la porte de la cabine de quelques centimètres.

— Va te faire foutre ! ronchonna-t-il.

Derrière lui, Serena vit la petite Jenny Humphrey, la robe descendue jusqu'à la taille, les bras croisés sur la poitrine pour se protéger, l'air terrorisé.

Quelqu'un poussa d'un coup la porte des toilettes.

— Jenny ? Tu es là ? cria Dan.

D'un seul coup, Serena comprit : Jenny était la petite sœur de Dan. Pas étonnant qu'elle lui ait paru aussi bizarre au téléphone. Elle était sur le point de se faire tripoter par Chuck.

— Je suis là, murmura Jenny.

— Fous le camp ! dit Serena à Chuck d'un ton sec, ouvrant la porte suffisamment pour qu'il puisse passer devant elle.

Chuck la bouscula et la plaqua contre la porte de la cabine.

— Excuse-moi, salope, siffla-t-il. La prochaine fois, j'oublierai pas de te demander la permission !

— Attends une minute, connard ! fit Dan en jaugeant Chuck du regard. Qu'est-ce que tu faisais à ma sœur ?

Serena ferma la porte de la cabine et resta devant, attendant que Jenny descende des W.-C. et se rhabille avant que son frère ne la voie. Elle entendait Jenny renifler à l'intérieur.

— Va te faire foutre ! cria Chuck en écartant Dan de son chemin.

— Non, toi va te faire foutre, Écharpe Boy ! dit Dan.

Il ne s'était encore jamais battu. Ses mains se remirent à trembler.

Serena ne supportait pas de voir des garçons se bagarrer. Ça ne servait à rien et ça les faisait passer pour des enfoirés de première.

— Hé, Chuck, dit Serena en le frappant dans le dos, pourquoi tu ne vas pas te faire mettre ? Tu sais bien que personne ne le fera pour toi.

— Espèce de salope ! lui siffla Chuck en retour. Tu crois que tu peux revenir comme ça et jouer les petites saintes après tout ce que t'as fait ? Tu crois que tu peux jouer les princesses et *me* dire d'aller me faire foutre ?

— Qu'est-ce que j'ai fait, Chuck ? demanda Serena. D'après toi, qu'est-ce que j'ai fait ?

Chuck se passa la langue sur les lèvres et rit doucement.

— Qu'est-ce que t'as fait ? Tu t'es fait virer du pensionnat parce que t'es qu'une traînée pervertie qui fait des encoches sur le mur au-dessus de son lit pour chaque mec avec qui elle a baisé. T'as des tas de MST. T'étais accro à plein de drogues différentes, tu t'es barrée de ton centre de désintoxication et maintenant tu vends ta propre merde. T'as fait partie d'une espèce de secte qui tue des poulets. T'as un putain de bébé en France.

Chuck prit une profonde inspiration et s'humecta les lèvres.

Serena souriait encore.

— Waouh, dit-elle. J'ai été débordée !

Chuck fronça les sourcils. Il jeta un œil à Dan qui restait debout sans rien dire à les observer en silence, les mains dans les poches.

— Va te faire foutre, Chuck, murmura Serena.

Chuck haussa les épaules et attrapa une bouteille d'Évian sur le rebord du lavabo.

— Espèce de salope, dit-il en bousculant Dan pour sortir.

— Tu m'adores, ne dis pas le contraire ! lui cria Serena.

Dan frappa à la porte des W.-C.

— Jenny ? dit-il d'un ton doux. Tu vas bien ?

D'autres reniflements.

Jenny ne parvenait pas à se maîtriser. Elle n'arrivait pas à croire qu'il avait fallu que ce soit Serena van der Woodsen qui la surprenne dans cet état. Serena devait sûrement la trouver pathétique.

— Ça va, réussit enfin à dire Jenny. (Elle ramassa

son sac à main par terre et ouvrit la porte.) Ramène-moi à la maison.

Dan prit sa sœur dans ses bras et Serena lui tint la main. Ensemble, ils se frayèrent un chemin à travers la fête bondée.

— Attendez ! Vos sacs cadeaux ! leur cria Rain Hoffstetter d'une voix perçante depuis son poste à la porte d'entrée.

Elle tendit à Serena et à Jenny un sac fourre-tout noir Kate Spade.

Dan ouvrit les portes à la volée et sortit dans la rue héler un taxi. Lorsqu'il en trouva un, Serena monta la première puis Jenny et enfin Dan. Jenny mit ses pieds sur une bosse par terre, passa ses bras autour de ses genoux et posa sa tête dessus. Serena caressa ses cheveux châtains frisés.

— On vous dépose d'abord, vous deux, leur proposa Serena.

Dan jeta un œil à Jenny. Elle avait besoin d'aller se coucher.

— Très bien, acquiesça-t-il en donnant leur adresse au chauffeur.

Serena se cala sur son siège tout en continuant à caresser les cheveux de Jenny.

— Waouh, dit-elle d'un ton ironique. Je m'étais pas autant éclatée depuis le pensionnat.

Dan la dévisagea, les yeux écarquillés et confiants.

— Alors, ces histoires…, dit-il. (Puis il rougit.) Enfin, est-ce qu'il y en a qui sont vraies ?

Serena fronça les sourcils. Elle chercha une cigarette dans son sac puis se ravisa.

— D'après toi ? lui demanda-t-elle.

Dan haussa les épaules.

— Je pense que c'est qu'un tas de conneries.

Serena haussa les sourcils, taquine.

— Mais comment peux-tu en être sûr ?

Sa bouche était ouverte, les coins tremblotant vers le haut puis vers le bas. Ses yeux bleus étincelèrent à la lueur d'une voiture qui les dépassa.

Non, Dan ne pouvait l'imaginer faire aucune des choses dont l'avait accusée Chuck. La seule chose qu'il pouvait l'imaginer faire, c'était l'embrasser. Mais chaque chose en son temps.

— Je ne te vois pas comme ça, c'est tout, répondit Dan.

Les coins de la bouche de Serena s'élargirent et elle sourit de nouveau.

— Bien, dit-elle.

Elle respira un bon coup et se reposa sur l'appui-tête.

Dan mit sa tête à côté de la sienne.

— Bien, répéta-t-il en fermant les yeux.

Tandis qu'ils filaient devant les panneaux d'affichage étincelants et les lumières vives de Times Square, Serena garda les yeux ouverts. Elle avait toujours trouvé Times Square affreux et déprimant par rapport aux rues paisibles et nickel de son quartier mais les lumières brillantes, les bruits et la vapeur s'élevant des grilles de foyer lui firent reprendre espoir. Dans l'obscurité du taxi, elle attrapa la main de Dan au moment même où il allait prendre la sienne.

Elle avait hâte de savoir ce qui se passerait par la suite.

gossipgirl.net

thèmes ◀précédent suivant▶ envoyer une question répondre

Avertissement : tous les noms de lieux, personnes et événements ont été modifiés ou abrégés afin de protéger les innocents. En l'occurrence, moi.

salut à tous !

Je me suis éclatée comme une folle à la soirée *Baiser sur les lèvres*. J'ai dû perdre six kilos en dansant – non pas que j'avais besoin de maigrir.
Inutile de vous dire que je me sens bien.

ON A VU

O et ***N*** se rendant à l'hôtel particulier de ***N*** vendredi en toute fin de soirée. **C** traînant sur la 10e Avenue, l'air de prendre du bon temps avec des filles de Jersey. ***D*** et ***J*** et leur plouc de père prenant un petit déjeuner en famille samedi matin dans ce petit restaurant où était tournée la série **Seinfield**. ***V*** louant des films d'horreur avec son nouveau petit copain à Brooklyn. ***S*** donnant un sac fourre-tout noir Kate Spade à un sans-abri sur les marches du Met.

Vos e-mails

Q: Salut GG,
Juste pour te dire que je fais ma thèse sur toi. Tu assures un max !
Polar

R: Cher Polar,
Je suis flattée. Euh… t'es comment physiquement ?
GG

QUESTIONS ET RÉPONSES

Pourquoi se prendre la tête en pensant à la fac ? Je m'éclate trop bien en ce moment. Et tant de questions attendent une réponse :
S et ***D*** vont-ils tomber amoureux ? ***S*** va-t-elle se lasser de ses pantalons en velours côtelé ?
J va-t-elle jurer de renoncer à la haute société et aux robes chics et va-t-elle rester avec des copines de son âge (même si elles ne feront jamais le même tour de poitrine qu'elle) ?
V va-t-elle se révéler et se mettre à porter toutes sortes de couleurs vives ? Se laisser pousser les cheveux ? Est-ce que ça va marcher entre elle et son barman ?
O va-t-elle rester avec ***N*** ?
C va-t-il arrêter de harceler les jeunes filles en fleurs et reconnaître qu'il n'est qu'un loser ?
S va-t-elle vraiment faire un film ? Elle ne sait même pas se servir d'un Polaroid jetable.
Va-t-on tous arrêter de parler des personnes susmentionnées ?
C'est peu probable. Pas moi, en tout cas. C'est trop bon.
À la prochaine !

Vous m'adorez, ne dites pas le contraire.

gossip girl

Achevé d'imprimer sur les presses de

BUSSIÈRE

GROUPE CPI

à Saint-Amand-Montrond (Cher)
en janvier 2006

FLEUVE NOIR
12, avenue d'Italie
75627 Paris Cedex 13
Tél. : 01-44-16-05-00

— N° d'imp. : 60055. —
Dépôt légal : février 2006.

Imprimé en France